ジョゼフ・ガーバー／著
東江一紀／訳

垂直の戦場【完全版】（下）

Vertical Run

扶桑社ミステリー
1606

下巻　目次

垂直の戦場【完全版】（下）

登場人物

デイヴ(デイヴィッド)・エリオット——センテレックス社執行副社長
バーニー(バーナード)・レヴィー——センテレックス社会長
ジョン・ランサム——特殊コンサルティング事業団副会長
ハリー・ハリウェル——弁護士。デイヴの友人
ジョン・クロイター——大佐。ベトナムでのデイヴの上官
マージ(マリゴールド)・コーエン——アメリカン・インターダイン社社員
フレッド・サンドバーグ——医師
ヘレン——デイヴの妻
アンジェラ——デイヴの前妻
マーク——アンジェラとデイヴの息子
スコット・サッチャー——センテレックス社役員。デイヴの友人

第二部　既視感

……戦争が敵を殺すことから成り立っていると、彼は思わなかった。そこに矛盾が存在する。

――パトリック・オブライアン『軍艦サプライズ』

第六章　デイヴ、外出する

1

〈正直に言え、相棒。ずっとこれをやりたいと思ってたんだろ〉

そのとおり。

〈これまでの人生のどんなことよりも楽しいな〉

そうかもしれない。たぶん、そうだ。

〈BMWの男、おまえさんを甘く見てるぞ。照らしてやれ〉

デイヴはヘッドライトをハイビームにした。BMWの運転者は、携帯電話に耳をくっつけていた。二車線にまたがって走って、デイヴの進路をふさぎ、どこうとしない。

デイヴはダッシュボードのマイクをはずし、トグルスイッチを入れると、怒鳴った。

「おい、そこのＢＭＷ、こちら警察の緊急車両。道をあけないと、逮捕するぞ」

増幅されたデイヴの声が、混雑した通りに響き渡る。ＢＭＷの運転者は肩越しに振り返って、嫌悪の表情を浮かべると、わきへどいた。デイヴはアクセルを踏んだ。皮肉屋の守護天使ひとりを道連れに、盗んだパトカーでマンハッタンの夜を突き進んでいく。

〈イェー！〉

鍵は、警官のポケットにあった。ご丁寧に、車の番号と登録番号の札が付いていた。デイヴが警戒してそれを眺め、男子トイレのタイル張りの床に落とそうとしたとき、内なる声がささやきかけた。〈なあ、相棒、おまえさんは職務遂行中の――あるいは、少なくともトイレ休憩中の――制服警官をのして、身障者用トイレにダクトテープで固定した。おまけに、彼の制服とバッジと拳銃と帽子を盗んだ〉
だが、靴は盗まなかったぞ。
〈サイズが合わなかったからにすぎない。それに加えて、連邦捜査官かもしれない男を五人、ひょっとすると六人殺し、会った人間全員から金を盗み、爆弾脅迫電話をかけ、パーク街のオフィス・タワーの非常階段に生命を脅かす罠を仕掛け、数えきれない加重暴行と悪質な家宅侵入を行ない、自家製爆弾を製造し、電話会社の所有物を勝手に持ち出した。ああ、そうそう、それに、バーニー・レヴィー殺しの指名手配も受けてるな。だから、ここにパトカー窃盗が加わったところで、どうだというんだ？最悪でも、これまでのぶんの、シンシン刑務所で懲役一万年の刑に、もう二、三百年追加されるだけさ〉

　デイヴは肩をすくめ、鍵をポケットに入れた。四十五階のトイレから出ようとしたとき、別の警官が入ってきた。デイヴは警官に会釈した。

「ひでえ事件だな」警官がぼやいた。「自分専用のトイレを持つ男が、窓から飛び下りるなんて。信じられっか？」

　デイヴは答えた。「だから、警部補に言ったんだよ、一生に一度でいいから、パーク街の個人用トイレを使ってみたいって。なのに、警部補ときたら、証拠があるかもしれないからだめだとぬかしやがった」

「俺にも同じことを言ったよ。信じられっか？」

　五分後、デイヴは一階にいて、ロビーに群がる警官やカメラマンを押し分けていた。誰もろくにデイヴに目を向けない。予想したとおり、警官の青い制服は、電話修理人の変装よりずっと目立たなかった。

そのパトカーは、歩道のすぐわきに停まっていた。デイヴはすばやく乗り込むと、エンジンをかけ、にやっと大きく笑ってから、夜のなかへ車を進めた。

八七丁目とブロードウェイの交差点でぐいと左折し、大はしゃぎでパトカーを横すべりさせながら、西へ疾走する。次のブロックの途中で、サイレンと回転灯を切った。速度をゆるめ、車を右側に寄せ、そろそろと縁石に近づける。消火栓の前に、ぎりぎり一台ぶんのスペースが空いていた。

〈おまえさんがきょう破ってない法律は、ひとつもないんじゃないか〉

マージ・コーエンは、九四丁目に住んでいると言った。デイヴは残りを歩くつもりだった。このパトカーに乗り続けるのは――あるいは、その近くにいることさえも――、危険すぎる。誰かがすぐ、車のないことに気づくだろう。

グレッグの服の入った紙包みを小わきにかかえ、デイヴは八七丁目を歩いて東へ戻り始めた。徒歩の警官は非常にめずらしいので、こちらを見る歩行者が何人かいる。大部分の歩行者は、目も向けなかった。

ブロードウェイで北へ曲がった。この地区に来るのは、数年ぶりだった。ヤッピー文化の影響で、あたりがお上品になっている。通り過ぎた何軒かのバーには、鉢植のしだが飾られ、気取った名前が付いていた。がらくた屋だった店は、今やアンティークを売っている。洋服屋のマネキンは、月のない夜のシェールみたいに見えた。しかしながら、通りは今でもきたなく、マンハッタンのアッパー・ウェストサイド特有のごみが散らかっている。

〈観光客じゃなくて、警官らしく歩け〉

デイヴは速度を落とし、ジョン・ウェインのような体を揺する歩きかたに無理やり変え、油断を怠らない警官に見えるようにした。

〈その調子だ〉

九一丁目の北を歩いていると、望みのものが見つかった。入口の上に、緑のネオンの表示がある。《マッカンのバー＆グリル》

〈アイリッシュ・パブを信じられなくて、何を信じる？〉

ドアをあけた。店内は薄暗かった。生ビールと、古いおがくずと、熱いコンビーフのにおいがする。常連客はヤッピーではなかった。これまでもそうだったし、これからもそうだろう。みんな、昔から自分の席に座っているように見える。ひとりかふたりがデイヴに冷たい目を向け、それからまた、ビールをちびちび飲む作業に戻った。

デイヴはカウンターへ向かった。バーテンはすでに、彼にバランタインを注いでいる。デイヴはそのブランドが大きらいだった。それでも、黙って受け取った。

「何か入り用ですかい、おまわりさん？」

デイヴはジョッキを持ち上げた。「これで十分だよ」ひと口飲む。かすかに金属的な味が、思い出を……遠い昔の……思い出を……。

バランタインは、タフィー・ワイラーの大好きなビールだった。ニューヨークから来た赤毛の逃亡者は、そのビールを数えきれないほどたくさんシエラネヴァダへ運び込んだ。やがて、帰る直前になって、デイヴは彼に空缶をすべて集めさせた。タフィーは缶をそのまま捨てていきたがった。デイヴは、美しい場所をほんの少しでも汚すことに強い怒りを覚え……。

「それといっしょに、一杯やるかね？」

「なんだって？」バーテンがデイヴの思考の鎖を断ち切った。

「ビールといっしょに、一杯どうかってきいたんですよ」

「勤務中はやらない」

バーテンが鼻を鳴らす。「同僚の人たちは、気にしたことないよ。ねえ、ここを回り始めて、日が浅いね？」

「臨時の勤務なんだ。ふだんはアストリアを回ってる」

「俺はダン。ジャックと呼んでくれ」

〈あっ……そうだ、相棒。おまえさんの名札の名前はなんだったっけ？　見ないで思い出せ！〉

「ハッチンソンだ。みんなはハッチと呼ぶ」

「だろうね」

「電話帳、あるかい、ジャック？」

「もちろん」バーテンが、カウンターの下から分厚いマンハッタンの個人別電話帳を取り出す。彼に見つめられながら、デイヴはCの部をぱらぱらとめくった。コーガン、コギン、コーハン、コーヒー、コーエン……コーエンがたくさんいる。何ページぶんもいる。コーエン、マージ？　載っていない。コーエン、マリゴールド？　やはり載っていない。コーエン、M？　二十人ほどいる。しかし、九四丁目にはひとりだけだ。アムステルダム街からすぐのところ。これにちがいない。

　バーテンに電話帳を返す。「ありがとう。電話はあるかな――私用の電話機を使わせてもらえないか？」

「奥にあるよ。市内通話だろ？」

「そうだ」

「自由に使ってくれ」

デイヴが電話したのは、マージ・コーエンの番号ではなく、市内の番号でもなかった。米国電信電話会社の国際番号案内にかけたのだ。デイヴは、スイスの電話番号を知りたかった。

2

ビルは四階建てのブラウンストーン造りで、ニューヨークっ子には魅力的に見えるが、よそ者には大恐慌を思い出させる代物だった。埃の縞《しま》のできた窓から、明かりはひとつも見えない。でこぼこしたコンクリートの階段を上ったところに、格子の付いた玄関ドアがあった。いびきが聞こえた。階段の下のごみ容器のあいだで、誰か寝ているらしい。

入口に並ぶ色あせた郵便箱によると、M・F・コーエンのアパートメントは、一階の裏手だ。アパートメント1B。

デイヴはインターホンを探した。台座から引きはがされた跡がある。肩をすくめ、ドアと戸枠のあいだにクレジットカードを差し込んで、錠をはずした。

屋内の壁は、ほったらかしで灰色になっていた。カーペットは擦り切れてしみがあり、廊下の明かりは薄暗かった。古さとかびと無関心のにおいがする。家主は管理にあまり金をかけておらず、借家人に家賃不払いストでも起こされないかぎり、おそらくこのままの状態を続けるだろう。

アパートメント1―Bのドアをノックした。

ドアの覗き穴で、明かりがまたたいた。誰かが覗いている。錠がカチッといい、掛け金が回り、ドアがぱっと開いた。マージ・コーエンが、猫のようにうなりながら飛びかかってくる。「この食わせもの！」

〈この新展開は、どうしたことだい？〉

マージの指は、鉤《かぎ》状に曲げられていた。爪が――長くもなければ、マニキュアも塗られていない――デイヴの目を狙っている。デイヴはさっと後退した。マージの狙いははずれたが、大きくははずれなかった。彼は片手を上げた。「ちょっと待ってくれ……」

マージが飛びかかろうと身を低くする。「恩知らず！」飛び上がった。彼女の爪が、ふたたびデイヴの目を狙う。デイヴは彼女の両手首をつかんで、押さえつけた。こんな事態は、予想もしていなかった。

「人でなし！　人でなし！　人でなし！」マージがもがき、デイヴの向こうずねを思いきり蹴飛ばす。デイヴは、青あざができることを確信した。

〈こんな小柄な娘にしては、強い力だな〉

マージがわめく。「よくも！　よくも、あんたたちは！」デイヴは彼女を持ち上げて、部屋のなかへ無理やり押し込んだ。マージがふたたび蹴る。

デイヴは腰でドアを閉めた。「あんたたち、何様だと思ってるのよ！　いったい、あんた、何様だと思ってるのよ！」激しく身をよじらせて、マージが彼から離れようとする。デイヴはつかんでいる手に力を入れ、彼女を引き寄せた。顔に唾を吐かれた。

「マージ？　ねえ、いいかい、わたしは……」白い火花、インディアナの夏の幕状電光、焼けるような痛み。デイヴの肺が空っぽになった。がくんと膝をつき、意識を失うまいとする。

マージが、彼の股間に膝蹴りを食わせたのだった。

〈ランサムたちも手ごわいが、体重五十キロの怒り狂ったニューヨークの女性もまったく手ごわい〉

デイヴは体を安定させるために片手を床に置き、首を振って視覚をはっきりさせようとした。うまくいかない。頭を持ち上げ、震えながら深呼吸した。マージが、人を殺せる重さの花びんを手に、近づいてくる。それが落とされたのと同時に、デイヴは、彼女の両足をすくいながら左へ倒れた。マージがわきに倒れ、罵声を浴びせる。デイヴは彼女の上に乗って、自分の重みで相手を押さえつけた。マージが悲鳴をあげ、ののしり、殺してやると叫ぶ。

〈あんなふうに彼女の金を盗むべきじゃなかったな、相棒〉

「マーヒ、ふまなかった……」デイヴは、股座《またぐら》の激痛から意識を引き離して、呼吸に集中し、話がまともに聞こえるよう十分息を吸うことに集中した。「マージ、すまなかった、きみの金を盗んだりして。そのほうがほんとうらしく見えると思ったし……」

「お金?」叫び声をあげる。「お金! ちくしょう、すっかり忘れてたわ。あんたとあんたの変態仲間め、ただですむと思ったら大まちがい……」

十分間かけて、デイヴは彼女をなだめた。そのころには、マージはしくしくと泣き、脅えた小鳥のように震えていた。

四人の男、大きな男たちが、部屋の前でマージを待っていたのだった。ひとりがバッジをちらりと見せた。それより十五分前、彼女は、デイヴから受け取った無線機を近くのダゴスティーノのごみ箱に捨て、処分した。これでもう心配の種はないと思っていた矢先の出来事だった。

「なかへ入れていただいて、お話をうかがえますか、コーエンさん？　きょうのオフィスでの強盗について、さらにおききしたいことがあるのです」

「いいですよ。どのぐらいかかるのかしら？」

「長くはかかりません。さあ、その買い物袋をお持ちしましょう」

マージがアパートメントのドアをあけると、三人だけが入ってきた。四人めは、外の廊下に立っていた。

そのドアは、唯一の出口だった。三人のうちのひとりが、鍵を全部閉めて、ドアに背中を預けた。男たちのあいだにソファが来るようにした。マージはあとずさり、自分の小さな体とふたりの男たちのあいだにソファが来るようにした。ふたりのうちのひとりは、黒革のかばんを持っていた。それをコーヒーテーブルの上に置いた。

もうひとりの男、バッジを見せた男が、口を開いた。「わたしは、警察のキャナディ。こちらは、ピアス先生です」

「先生？」

「産婦人科の先生です」

「……？」

「きょうの午後あなたを襲った男が、意識を失っていたあなたをレイプしたらしいと信ずる理由があるのです」

「まさか。ばかを言わないで。そんなことされて、気づかないわけが……」

「それを判定しに、われわれは来たのです。先生に調べてもらいます」

医者がラテックスの手袋をはめた。


マージは素顔だった。とっくに化粧を落としていたのだ。彼女の涙は透明で、きらきらしていた。「綿棒」あえぎながら言う。「標本用ボトル。注射針。ほかのふたりは、じっと見ていた。表情を変えずに。大きいほうが……」身を震わせ、デイヴの腕のなかですすり泣く。

「落ち着いて、マージ」デイヴは、ほかに言うことを思いつかなかった。「終わったことなんだ。深く息を吸って、それから……」

「やつがあたしを押し倒した。あたしの口を手で覆った。あたしの服を脱がせた。もうひとりのほう、医者だと言ったやつは、ああ、ひどい、あんなひどいこと……」涙と屈辱にさいなまれて、全身がぶるぶると震える。

デイヴは彼女に腕を巻きつけ、彼女の頭を自分の胸にもたせかけさせた。それがマージには安心感を与えるようだった。それに、彼女は、デイヴの顔を見ないほうがよかったのだ。怒りでまっ青になり、復讐を計画している彼の顔を見ないほうが……。

午後九時二十三分

デイヴはすでに、マージと一時間以上いっしょにいた。ブランディのボトル、安物のクリスチャン・ブラザーズがあるのを見つけた。アルコールが彼女を落ち着かせた。グリーンの――エメラルド・グリーンの目の周りの青あざを除けば、マージは、きょうの午後彼の会った活発で魅力的な女性に戻っていた。

ふたりはもう、彼女をはずかしめた男たちのことを話していなかった。それを話題にすることは、マージには無理だった。話ができるようになるまで、何か月もかかるだろう。今、ふたりはデイヴのことを話し合い、彼の身に起こっていることになんらかの意味を見いだそうとしていた。

「わからない」デイヴが言う。「いくつか推測はできるが、あくまでも推測だ」

マージは淡青色のスモックみたいなものを着ていた。それが正確には何か、デイヴはよくわからなかった――おそらくネグリジェ、いや、それより、ズボンの上にゆったりと着る服に近い。だが、彼女はズボンをはいていない。そして、彼女の脚はすてきだ。デイヴは不承不承、視線を彼女の顔に集中させた。

「どんなこと？　例を言ってみて」マージは、指のあいだにセーラム・ウルトラライト100をはさんでいた。紫煙が輪を描いて天井へ昇っていく。デイヴはもう少しで、一本くれと言いそうになった。ほんとうに煙草が吸いたかった。

「いいだろう。まず、第一に、これは政府のしわざ、あるいは、政府と関連がある」

「そんなばかげた話、聞いたことないわ。ねえ、あたし、先月、ＨＢＯで映画を見たの。ペンタゴンの地下にある秘密の部屋、謎の制服を着たあやしい男、オデッサとつながりを持つ、名なしの薄気味悪い組織。ひどい映画だった。あたし、ＨＢＯを解約したわ」

「だが、それしかありえないんだ。見たんだよ……」

「ばか言わないで。そういうのは、現実には起こらないの。秘密の計画とか、巧妙な陰謀とかは……」

「陰謀は、現実に起こることだ。信じられないのなら、ジュリアス・シーザーにきいてみろ」

「まあ、よして！　二千年も前のことじゃない」

「イラン＝コントラやホワイトウォーターやウォーターゲイトはどうなんだ？　そう、

ウォーターゲイト。ゴードン・リディを覚えているかい？」

マージが彼をじっと見た。彼女の目は大きくて色が濃く、唇はすぼめられている。デイヴは、そんな彼女の唇が好きだった。頭に映像が浮かびかけ……首を横に振った。何を想像しようとしたのか、わからなかった。

〈わかってるくせに〉

「誰？　ウォーターゲイト？　ねえ、あたしを何歳だと思ってるのよ？　あの事件は、あたしが小学校へ入る前に終わってたわ」マージが手をひらひらさせる。煙が宙を漂った。

「リディは、ウォーターゲイトの陰謀に加担したひとりだ。刑務所を出てから、本を書いた。そのなかで、彼は、しばらくのあいだ自分は殺されることを確信していたと書いている。覚悟していたと書いている。しかも、リディは、政府の人間だった。部内者だった。物事がどう進められるのか、知っていたんだ」

「あたしには、被害妄想としか思えないけど」

デイヴはため息をついた。息を吸ったとき、マージの煙草の煙の味がした。「ほかにも、秘密工作を専門とする人間たちが関わっていた。裁判官たちでさえ、ウォーターゲイト事件を陰謀と呼んだんだぞ。陰謀は存在するんだ」

マージが首を振る。

「それだけじゃない……」デイヴは唾を飲み込んだ。「……ああ、つまり、こういったことをする連中、ゴードン・リディやオリヴァー・ノースみたいな人間はすべて、ほんとうに、心から、自分たちが正義の味方だと信じているんだ。そしてまた、自分たちに歯向かう人間を、真実の、正義の、アメリカの大義の敵だと信じている。きみがランサムに尋ねたら、彼が、自分はいい人間で、わたしは悪党だと言うほうに、金を賭けてもいい。しかも、彼は心底そう思っているんだ。ちくしょう、わかるんだよ、わたしも……」デイヴは黙り込んでしまった。

マージは首を傾げ、目を少し見開いている。しかし、賢明だったため、口をきいたりはしなかった。

「あのね、マージ、ずっと昔、きみがまだ生まれているかいないかのころ、わたしは連中のひとりだったんだ。連中はわたしを陸軍から引き抜いた……いや、そうじゃない。引き抜いたんじゃない。実際には、わたしが志願したんだ。わたしは、それが正しいことだと思った。当時は、多くのことを正しいと思っていた」デイヴは目を閉じた。楽しい思い出ではないので、記憶をよみがえらせるのがつらい。「とにかく、わたしはヴァージニアのある場所へ送られた。何か月かそこにいた。特別な訓練。特別な武器。特別な知識。特別な軍事行動。しばらくのあいだ、われわれは、自分たちがベトナム共和国軍、つまり南ベトナムの軍隊と協力して行動するために訓練されているのだと思って……」

「ベトナム？」マージの表情が変わった。デイヴはその意味を読み取れなかった。

「わたしの戦争だよ、マージ。ベトナム戦争に参加したんだ」

「ひどかったんでしょ……」

「ああ。ひどいなんてものじゃなかった」デイヴは、彼女の表情が純粋な気づかいを示すものだと判断した。それをありがたく思った。彼女は、戦争を記憶しているには若すぎるし、戦争に関係するすべての人間とすべてのものを憎む人々のひとりであるには若すぎる。

〈それに、おまえさんの相手としても若すぎるよ〉

デイヴはブランディグラスを空にし、おかわりをツーフィンガーぶん注いだ。昔は、戦争に敵意を持つ人間が山ほどいた。戦争に行くとなると、白い目で見られた。帰ってくると、ある意味で、もっと白い目で見られた。

「デイヴ？」マージが前に体を傾けている。スモックの下で彼女の乳房が移動するのが、デイヴの目に入った。彼女はブラを付けておらず、それに……。

〈そいつを頭から追い払うんだ、相棒〉

「すまない。昔を思い出してしまって」デイヴは弱々しく微笑んだ。「とにかく、わたしが言っているのは、われわれが――何百人もの人間が、あらゆるきたない仕事のための訓練を受けたということだ。わたしが行ったとき、キャンプPはすでに、活動を開始して十年か十二年たっていた。たぶん、まだあるんじゃないかな。何千人もがそこを卒業し、秘密戦士の軍隊ができあがる。そして、今、戦士たちはどこかで活動している。もしかすると彼らは、政府のために働いてはいないのかもしれない。もしかすると、政府のために働く集団の、その下の集団にも属していないのかもしれない。しかし、適切な人間を知っていれば、彼らを見つけることは可能だし、彼らは、金をもらえるならばどんな仕事でもする」

マージが眉をひそめる。「まさか。政府は納税者を殺したりしないわ。損失が大きすぎるもの。それに、あからさまにそんな命令をする人がいるなんて、信じられない……」

デイヴは吐き出すように言った。「命令なんかしないさ。ほのめかすだけだ。トマス・ベケットのこと、覚えているかい？　ヘンリー二世が『誰がこのやっかいな坊主から余を解放してくれるのか？』と言ったら、次の瞬間には、大司教の死体が床に転がっていたんだ」

マージはうなずいたが、デイヴの言葉を信じてはいなかった。「いいわ。それが可能だとしましょう。あなたにはどんな証拠があるの？」

「何もない。具体的な証拠はね。すべて状況証拠なんだ。彼らの話しかた、彼らの持っているハイテク品、彼らが簡単に電話の盗聴を手配できること、ランサムがわたしの軍隊での記録を読んだ事実、彼の側の人間の住所がどれもワシントン周辺であるらしい事実。それに、ハリー・ハリウェルがいる。コーヒー・ピッチャーでわたしの脳天を割ろうとした友人だ。彼は、政界にコネを持つ実力者だ。もし彼がランサムのチームの一員だとすると、それは、重要人物たちの関わりを示しているとしか解釈できない」

「それでもまだ、あなたの意見に同意できない……それだけじゃ……何かベトナムと関係があると思う？」

「うん。いや。ああ、わからないよ。あることがあそこで起こった。わたしはその真っ只中にいた。けれど、関わっていたのはわたしだけじゃない。もし彼らがわたしたちを黙らせたいのなら、わたしたち全員を捜さなきゃならない。それに、彼らはあのことを隠蔽《いんぺい》した——ついでに言えば、これも陰謀、沈黙の陰謀だよ。とにかく、あれは遠い昔のことだ。何も残っていないし、関心を持つ者もいない。ほんとうに関心を持った者は、これまでひとりもいなかった」

「それ……あたしに話してくれない？　つまり、あなたが何か忘れてるかもしれないでしょ」

デイヴの声が低くなった。うなるように言う。「忘れている？　とんでもない。ひとつとして、忘れたことはないよ。忘れられたら、どんなにいいか」

「でも……」

「いや、マージ。きみは知らないほうがいいし、わたしは話したくない。わたしの言葉を信じてくれ。あれは、きょう起こっていることとはまったく関係がない」

「なら、そういうことにしましょう。でも、どうしてあの人たちが、どうして何者かがあなたを殺したがってるの？」

デイヴは両手を天井へ向けた。「そいつは、きわめて重要な質問だ。推測するに、わたしは、何かいけないものを見るか聞くかしたんじゃないかな。それがなんなのか、わかればいいんだけどね。まあ、なんであるにしても、それをわたしが知っていると思い込んで、非常に影響力のある人間たちが震え上がっているんだ」

「震え上がってる？」マージが煙草を深々と吸う。デイヴはため息をついた。

「そのとおり。わたしが世間にばらすんじゃないかと震え上がっている。ひとたびわたしが、自分が何を知っているのか理解したら、それを暴露するんじゃないかと震え上がっている。前にやったことがあるんだよ——暴露を。彼らは、そういうことをした人間をけっして忘れない。けっして許しもしない」

「それがあなたの考え？　彼らは……彼らは、何を行なってるにせよ、それをあなたにばらされるのを恐れてると言うの？　あなたが暴露屋だから殺したがってると言うの？」

「たぶんね。ただ、彼らは〝暴露屋〟よりもっときつい言葉を使うだろうけど。しかし、そう、可能性はある。軍隊では——昔のことだが——〝言い抜けの権利〟と呼ばれるものがあった。つまり、上官は、われわれが何をしているのか知らなかったと言い張れるんだ。われわれがどんな無分別なことをやらかしても、上官にはこう言える選択肢があることを覚悟していなければならなかった。『いや、これはちゃんとした作戦じゃなかった。許可してないんだよ。命令違反だ。こちらを責めないでくれ。まるで知らなかったんだから』」

「『ジム、きみの任務だが、あとで泣き言を言わないように……』」

「そんな感じだ。もうひとつ教えよう。それがどんな秘密であるにしても、誰も知ってはいけないような何かだ。誰もあばくことのできないような何かだ。もし外に漏れたら、怒った議員たちが公聴会を開き、《ワシントン・ポスト》の記者たちがぎゃあぎゃあ騒ぐたぐいの何かだ」

「イラン＝コントラね」

「たとえて言えば」

デイヴの視線が、マージの顔からしだいに離れていった。まるで、それ自身が意志を持つかのように、視線は……。

〈また彼女の脚を見てるぞ、相棒。ほんとうに、そんなことしちゃまずいよ〉

「じゃあ、彼らがあなたを追ってる理由、そして、彼らが震え上がってる理由は、あなたが彼らの化けの皮を剝ぐ力を持っていて、いったんそうされると、彼らにはもう頰かぶりができなくなってしまうから、ということね」

デイヴはまた、ブランディをひと口飲んだ。体がほかほかして、少しくつろいだ気分になっていた。ほろ酔い気分になるのは、いいことではない。「不可解なことがあるんだよ。それは、彼らがわたしを仲間に引き入れようとしていたことだ。つまり、あの手紙が偽物じゃなく本物だとしたら、誰かがわたしのかつての機密事項取扱許可を復活させようと望んで、ＦＢＩがわたしの調査をしていたことになる」

「でも、そんなことをしてたのなら、なぜ今になって、あなたを殺そうとするの？」

マージが姿勢を変え、片方の脚をもう一方の脚の下に折り込んだ。淡いピンク色のパンティが、デイヴにちらりと見える。

〈ここだけの話だけど、おまえさんの玉に青あざができてて、よかったんだろうよ〉

「そいつもまた、きわめて重要な質問だ。もしかすると、素性調査で彼らは、わたしが危険度の高い男だと信じさせられるような何かを見つけたのかもしれない。もしかすると、彼らがそれを見つける前に、わたしが聞いてはいけないようなことを、誰かがわたしに話してしまったのかもしれない。わからないよ。わたしに言えるのは、それが、ここ数日のあいだに起こったにちがいないということだけだ。もしかすると、二十四時間以内に起こったことかもしれない。バーニーは疲れきっていた。全然寝ていなかった。ランサムとカールーチは、ひげを剃っていなかった。ひと晩じゅう起きていたんだ。そして、わたしを捕まえるために彼らがしたことはすべて、大急ぎでしたことだ。一夜漬け作戦だよ。彼らは、行動しながら考えていた。計画など、ひとつもなかった。わたしがまだ生きているのは、ひとえにそのおかげだ。ランサムは新米じゃない。もし、綿密な作戦計画を練る時間が彼にあったら、わたしは朝食前に仕留められて、荷札を付けられていただろうよ」

マージは同情に満ちた顔をデイヴに向け、彼の空のグラスを指さした。「もう一杯、どう?」

デイヴは思った。もちろん！　きみも飲めよ！

「遠慮しておく」

「で、ここ数日、あなたは何をしたの？　何を見たの？　誰と話をしたの?」

「マージ、さんざん考えてみたんだよ。何もないんだ。まったく何もなし。週末は、ロングアイランドで、スコッティとオリヴィアのサッチャー夫妻と過ごした。日曜の晩は、ヘレンを迎えに空港へ行った。彼女は……」

「ヘレン?」

「妻だ」

「奥さん」マージの声は、その表情と同じく、なんの感情も表わしていなかった。彼女が両方の脚を折り曲げて、見えなくする。

〈結婚指輪をはずしただろ、相棒。覚えてるか？　このご婦人は、ずっと思いちがいをしてたんだ〉

「ええと……彼女は、大学時代の古い友人の結婚式に出席するため、カリフォルニアへ行っていたんだ。月、火、水と、わたしは会社へ出た。いつもどおりの仕事だ。ミーティング、会議、書類に目を通し、決定を下し、折り返しの電話をした。すべて通常業務で、例外と言えば、水曜に、ミーティングのためにまたロングアイランドへ行かなければならなかったことと、月曜の晩に、日本から来た客を接待しなければならなかったことだけだ」

「ちょっと失礼するわ」マージが立ち上がり、居間から出ていった。吸いかけの煙草が、灰皿で燃えている。デイヴは物欲しい目でそれを見た。煙草を取ろうと手をのばして、罪悪感を覚え、もう一度取ろうとして、もっと罪悪感を覚える。

〈衝動に負けるな、相棒。俺様が言ってるのは、すべての肉体的衝動だぞ〉

煙が宙を漂う。デイヴは、唾を飲み込みながら、マージが戻ってくるまで耐えた。マージはブルージーンズをはき、毛の長い、ぶちの猫を抱いていた。先ほどマージは、ソファの、彼の横に座って、体を丸めていた。今度は安楽椅子に腰を下ろし、デイヴとのあいだに、安物のガラスの天板のコーヒーテーブルが来るように配慮した。

「かわいい猫だ」唐突に居心地の悪さを覚えながら、デイヴは言った。「そのお嬢さんの名は?」

「男の子なの。チトーって名前。コロラド生まれよ」

「チトー?」

「姉が大家族に嫁いでね。あたしはこの夏、その家族の住む農場へ行った。そこのおじいさんは、第二次世界大戦のとき、ユーゴスラヴィアのパルチザンと戦った人なの。彼があたしにこの猫をくれて、名前を付けてくれたってわけ」猫を床へ下ろす。

デイヴは猫を撫でようと、手をのばした。猫はシーッと言って歯を鳴らし、デイヴの手の届かない位置へよろよろと逃げる。

「気をつけて。獣医さんに去勢してもらったばかりなの」と、マージ。「手術のせいで、まだご機嫌斜めなのよ」

「ああ、なるほど。それでわかっ……」

〈そう、それでわかったよな？〉

デイヴの血管が凍りついた。

〈それだよ。目の前にあるそれ。それにちがいないよ、相棒。それ以外であるはずがない〉

いや、そんなことは不可能だ。

「だいじょうぶ？」マージが心配そうに声をかける。

デイヴは、手に持ったブランディグラスをいぶかしげに見た。ほんの少し残っていた液体を喉に流し込むと、立ち上がり、グラスが粉々に砕けるよう慎重に床へ落とした。

3

デイヴィッド・エリオットは、ロングアイランド高速道路を一路東へ走っていた。グレートネック方面への出口を通り過ぎる。そこには、女に目のないグレッグの住まいがあり、デイヴはふたたび彼の服を着ているのだった。今ごろ、あの男は、一夫一婦制の家庭生活のほうが、オフィスのカサノヴァを気取るよりずっと望ましい――あるいは、少なくとも、危険度は低い――と思っているだろうか、とデイヴは心のなかでつぶやいた。

剃ったばかりの頭を手で撫でてみる。ニューヨークっ子にはめずらしく運転免許を持つマージが、レンタカーを借りに行っているあいだに、デイヴは前髪を切り、剃ったのだった。それから、残った髪を過酸化水素で漂白した。奇抜な効果が得られた。今や生えぎわの後退したブロンドとなった彼は、その外見をたいして気に入ってはいなかったものの、まったくちがった男に見えた。めめしい男という印象をいくぶん与える髪形だ。もし、トライボロー橋でランサムの部下が見張っていたとしても、デイヴに気づかなかっただろう。マージはもう出発しただろうか、とデイヴは思った。出発していることを願った。そして、彼女がバスルームにいるあいだにレンタカーの鍵を盗んだのを、許してくれることを願った。もう一度裏切らなければならないとデイヴが決心したのは、マージがハーツのオフィスに車を借りに行っているときだった。彼女の帰りを待ちながら、古い電動タイプライターを使って、急いで説明の手紙を綴った。

マージへ

こんなことをして申し訳ないが、どうしてもしなければならなかった。ここへ来たのは、隠れる場所が欲しかったからで、きみなら、逃げてもだいじょうぶな時が来るまでの数日間、いっしょにソファに寝かせてくれると思ったんだ。けれど、今、わたしはきみを危険に巻き込んでしまったと思っている。

腕時計を置いていく。純金のロレックスだ。一万五千ドルから二万ドルする。売るか質に入れるかしてくれ。その金を受け取って、街を出るんだ。猫を連れて、いちばん早い飛行機に乗れ。そうしなければ、きっと痛い目にあわされる。コロラドの姉さんの農場へ行ってくれ。きみの住所録を見せてもらった。もしわたしが生きてこの件をくぐり抜けられたら、事件が終わったあかつきには、そこに連絡するよ。

さあ、お願いだから、荷物を詰めて、アパートメントを出てくれ。クレジットカードは、使ってはいけない。居場所を知られてしまうからね。マージ、逃げなければだめだ。信じてくれ。うそじゃないんだ。

あらためて謝るよ。きみを巻き込んだことと、またきみの金をとったことを。腕時計で金は返せると思う。マージ、お願いだ、わたしの言うとおりにしてくれ。手遅れにならないうちに、逃げるんだ。

デイヴ

手紙に、ひとつだけ書かなかったことがあった。もしマージから離れなければ、彼女は答えを強く求めるか、もっと悪い場合には、いっしょに来ると言い張るだろうというデイヴの懸念だ。彼女は何も知らないほうがいい。知らないことが、彼女の最大の防備となるだろう。

走行距離計に目をやる。車は、韓国製の安い輸入車で、まだ新しかった。デイヴがマージのアパートメントを発ったとき、距離計の表示は三百四十六キロだった。今は、三百九十八キロ。目的地は、あと五十キロほど先だ。

ラジオの声が、ニュースの時間だと告げた。デイヴは音量を上げた。「この時間、最初にお伝えするのは、ニューヨークの実業家バーナード・E・レヴィー氏を殺した疑いで、デイヴィッド・ペリー・エリオットの捜索が市内全域で行なわれているというニュースです。レヴィー氏は、資本全数十億ドルの複合企業体《コングロマリット》センテレックス社の会長で、きょうの夕方、パーク街の四十五階にあるオフィスの窓から突き落とされました。警察担当記者の報告によると、エリオットは第一容疑者で、レヴィー氏は最近、エリオットが担当する財務問題に疑問をいだいていたということです」

〈そいつは初耳だな〉

「当局はまた、エリオットがウィリアム・ハッチンソン巡査に暴行を加え、巡査の制服と車を盗んだものと推測しています。エリオットは白人男性、身長百八十五センチ、体重七十七キロ、淡い茶色の髪、茶色の瞳、健康状態は良好です。また、銃を持っており、非常に危険です。この特徴を満たす人物を見られたかたは、ただちに警察に知らせてください。では、きょうのほかのニュース……。」

デイヴは音量を下げた。

道路の前方に標識があり、パチョーグ――三十九キロと書かれていた。出口だ。

そこへは、前日に来たばかりだった。センテレックス社が役員のために四台用意している運転手付きリムジンの一台に乗って、やってきたのだ。昼の交通量の多い時間帯だったので、センテレックス社のオフィスからロックイヤー研究所まで、二時間近くかかった。夜遅い時間帯の今は、一時間もかからずに着きそうだ。

〈ロックイヤー研究所にちがいない、そうだろ？　ランサムがおまえさんの血液サンプルを入手したのは、そこしかない〉


担当施設の視察は、役員生活におけるまことに退屈な重荷のひとつだ。会社城の老中は、街なかから離れた領土への出張を命じられ、そこのかびくさい受付で、緊張した笑みを浮かべる工場経営者の出迎えを受ける。経営者が、旅疲れした客人を、ぴかぴかに磨き上げたばかりの会議室へ通す。まずいコーヒーを一杯どうぞ。礼儀として、客はそれを飲まなければならない。ほどなく、工場の管理職クラスの人間が四、五人、ぞろぞろと部屋に入ってくる。きょう、彼らのシャツは洗いたてで、襟のボタンは留められ、ネクタイの結び目は堅い。こういった機会以外はいつもオフィスのドアに掛けられてゆっくりしわになっていくスーツの上着を、みんな着ている。客は立ち上がって、握手をし、彼らの名前を覚えようと空しい努力をする。経営者が会議テーブルのいちばん前に立ち、ぎこちない手つきでスクリーンを用意して、オーバーヘッド・プロジェクターの電源を入れる。当工場の業務概要を説明するスライドが何枚かあります。持株会社の役員と話をすることはめったにないので、経営者はこの機会を最大限に活用するつもりだ。

訪問客は、興味のありそうな顔をしようとする。あるわけがないが……。誰かが明かりを暗くする。訪問客はもう、興味のありそうな顔をしなくていい。誰にも顔を見られっこないからだ。経営者が単調な声で、概容説明をえんえんと続ける。移民の鋳掛け屋の長男が、第二次世界大戦後に設立。四十年間の着実な成長を示すグラフ。小さくプリントされた組織図。円滑で効率的な生産工程の図表。得意先一覧表。意欲的な成長計画を表わすグラフがさらに何枚か……。要するに、幸せな従業員からなるわが大家族は、一流の親会社を持ってうれしく思っています。たがいに利益しかもたらしえない関係をご理解ください。長く退屈な話のあいだ、訪問客は無言で座り、心地よいうたた寝を楽しんでいるか、気のきいた質問をひとつふたつ考え出そうと必死になっている。

「さて、ご質問がなければ、少し休憩してから、施設の見学に行きたいと思います」

「企業間の競争は、どうなっているんです？」デイヴはきいた。概要説明の大部分は、免疫生物学を中心としたものだった。レセプター分子、抗原、リンパ球属性、T細胞、C細胞、組織適合複合体、ポリペプチド、CD8コアセプター、大食細胞……。競争について質問するのが、デイヴには精いっぱいだった。

返ってきた答えは、ほとんど理解できないものだった。〝MHC分子のたぐいまれな種類〟〝クローン欠失仮説への新たなアプローチ〟〝SCID及びTCR遺伝子導入実験動物〟〝国立衛生研究所、その他政府設立の研究施設との特別な関係〟という言葉が並べ立てられた。

デイヴは、さっぱり理解できなかったが、わかった顔をしてうなずいた。彼をロックイヤーの担当に任命したバーニーが憎らしく思え、今回がはじめてではないバーニーの風変わりな買い物を監督するために、またもや未知の専門用語と産業について学ばなければならないことに、単なるいらだち以上のものを覚えた。そもそも、どうしてセンテレックス社が生物工学会社など買うのだろう？

トイレへの寄り道のあと、見学ツアーが始まった。管理部門。分子デザイン研究所のデータベース・ソフトウェアの走るサンのワークステーションが入っているコンピューター・センター。きらきらしたクロムめっきの装置が、デイヴには発音できない何かをしている第一実験室。ピンク色の目をした白い鼠のいっぱい入った檻が壁ぎわに並ぶ第二実験室。第三実験室は非常に寒く、デイヴは自分の息を見ることができた。第四実験室では、猫の解剖が行なわれていた。第五実験室……。

立入禁止
声紋判定による入場のみ許可
防護服をかならず着用のこと

「そして、ここが第五実験室です。きょうはお見せする時間がありませんし……」

ありがたい！

「……それに、着替えをする必要が……」

第五実験室のドアがあいた。まっ白な〝宇宙服〟――頭からつま先まですっぽり包むおおげさな防護服――を着た人物が飛び出し、肩越しに振り返って、怒鳴った。

「おいっ、その檻を閉めろ！」茶色の毛の、身もだえしているボールが、男の胸に飛び込んだ。男がよろめく。茶色い物体は、ぱっと飛んだ。反射的にデイヴは手をのばして、それを捕まえた。焼けるような痛みが、腕に走る。それは、猿だった。小さな、赤茶色の猿だった。長い犬歯が、デイヴの左手に食い込んでいた。

　短い混乱がそれに続いた。さまざまな人間が口々に言う。「すみません。ちょっとした事故です。ありえないことなんですが」それから、デイヴは、医務室へ連れていかれた。看護婦が傷を洗い、べたべたした消毒薬を塗って、包帯で巻いた。

「血液サンプルを採らせてください、エリオットさん。いえ、恐水病とかの可能性はありません。でも、転ばぬ先の杖って言うでしょう。これが、ロックイヤー研究所のモットーなんです。転ばぬ先の杖。ああ、それに、一オンスの予防は百ポンドの治療にまさる。これも、わたしたちが常々言ってることです」

〈血液サンプル〉

ああ、わかっている。あそこで、ランサムは血液サンプルを手に入れたんだ。

〈それから、あの油絵〉

油絵？

〈なんとかロックイヤー爺さんのだよ。あの研究所を設立した〉

デイヴは思い出した。会議室に、金縁の額に入ったロックイヤーの肖像画があったのだ。だが……あの絵には、何かがあった。老人の、おそらく六十代はじめの男の絵……。はて、どこがそんなに変だったのか？　あれは……ちがう。肖像画の男……そうだ！　彼は軍服を、陸軍の軍服を着ていた。

なぜ、生物工学研究所の設立者が、軍服姿の肖像画を描かせたのだろう？

〈ただの軍服じゃなかったぞ〉

あれは現代の軍服ではなく、デイヴが軍務に就いていたころの軍服でさえなかった。ロックイヤーが身につけていたのは、アイゼンハワー・ジャケットに、妙に短いブラックタイに、第二次世界大戦スタイルの舟形略帽だ。

〈研究所の買収について、バーニーはなんて言ってた？〉

数年前にロックイヤーが亡くなって、遺産問題が持ち上がった。だから、研究所は売りに出され、しかも——バーニーは強調した——破格の安値だった。

〈つまり、ここに六十代の、もしかすると七十代の老人がいて、四十年前に設立された研究所がある。ということは、設立時、彼はたぶん三十代だ。しかし、やがて歳をとり、記念の肖像画を描いてもらう時期が来ると、どうするだろう？〉

会社社長や、会社の設立者は、青いピンストライプの背広姿で公式の肖像画を描いてもらう。だが、ロックイヤーはちがった。ロックイヤーは、四十年前の古い軍服姿の肖像画を描かせた。

〈奇妙だ〉

まったくもって、じつに奇妙だ。

4

パチョーグの出口で、デイヴは南へ曲がり、大西洋岸のほうへ向かった。数分後、今度は東へ曲がる。

あたりは農地で、うねうねと続く牧草地や、じゃがいも畑や、たくさんの木立があった。狭いアスファルト道路はこの時間、人けがない。道路を走るのはデイヴのレンタカーだけで、見える明かりはそのヘッドライトだけだった。デイヴは右目を閉じ、そのまま運転を続けた。

〈血液サンプル以外にも、何かあると踏んでるだろ？〉

デイヴは、夜のドライブに、心地悪さを覚えた。夜間の木の見えかたが、きらいだった。昼間、緑色で暖かみのある葉が、ヘッドライトのぎらつく光を受けて、生気のない青白いものになってしまうのだ。

〈おい、認めろよ〉

青白い色は、大きらいだった。死体を思い出させるからだ。木というのは、天から照らされて、地上に影を落とすべきものだ。夜のドライブは、自然の秩序を逆にする。それがデイヴを不安にさせた。

〈俺様を無視してるな。相棒〉

光る目をした動物が一匹、道路を横切った。デイヴの心臓が、喉から飛び出しそうになる。デイヴがブレーキを踏む前に、その動物は見えなくなった。

〈おまえさんは、事実を直視したくないんだ〉

右折。ふたたび、大西洋のほうへ向かう。月のない夜だった。これは役に立ってくれるだろう。

〈おい、相棒。聞くんだ。……〉

あった。網状のフェンスが長く延び、フェンスの上には、蛇腹形鉄条網が付いている。門と守衛所。小さな掲示板に、次のように書かれている。

株式会社ロックイヤー研究所

従業員は身分証を提示
訪問者は構内に入る前に**かならず**記帳すること
デイヴは一定速度を保ち、そこを通り過ぎた。誰も見えなかった。守衛所は無人で、見張りひとりいない。

ランサムがうっかりして、ここに部下を送り込むのを忘れたという可能性が、あるだろうか？

〈ないね〉

それとも、デイヴがまちがっていて、今度の件の中心にロックイヤー研究所はないという可能性は？

〈それも、ない〉

そのまま一キロちょっと走り、研究所の最南の境界線を通り過ぎてから、ヘッドライトを消した。車を道端に停め、右目をあける。目は、暗さに適応していた。これは昔ながらの歩兵の技で、照明弾が光っているあいだ、片目をつぶっておくのだ。すると、暗闇が戻ったとき、敵よりも夜目がきく。

狭い運転席で、グレッグのゆったりした服を脱ぎ、警察官の制服に着替えた。暗青色のズボンに、暗青色のシャツ。夜向きの色だ。

〈最後にひとつ。室内灯を忘れるな〉

デイヴは拳銃を使って、電球を割った。それから、車のドアをあけ、上体を外に出して、道端から土をひと握りすくう。それは密度の濃い良質の土、農場の土で、顔と手と禿《は》げたばかりの頭皮を黒くするのにちょうどよかった。

車をバックさせて方向転換し、ヘッドライトを消したまま、ロックイヤー研究所のほうへゆっくりと戻る。フェンスの百メートルほど手前でエンジンを切り、惰力で進んで、南の境界線のそばで車を停めた。

ロングアイランドを車で横切っているときに、デイヴは前日目にしたものを思い出して、ロックイヤー研究所の配置を可能なかぎり脳裏に再現した。敷地は八百メートル四方で、真ん中に研究所本体がある。土地の大部分は平坦で特徴がないが、中央の建物の南側はやや高くなっていた。林と言ってもいいような木立が外縁に沿って敷地を取り囲み、内側からフェンスは見えない。

もしランサムの部下たちがいるとすれば、木立のなかの、人目につかない場所にひそんでいるはずだ。

デイヴは靴を脱いだ。その靴は、これからしようと考えていることに適さなかった。

革の靴底は、草や落ち葉の上を歩くとすべるだろうし、リノリウムの床では、大きな音を立てすぎるだろう。

〈どこかで、どうにかしてまともな靴を手に入れないとな〉

マージのバスルームから、チョコレート色のハンドタオルを二枚持ってきていた。それで足を包み、ひもで固定する。不格好だが、これで間に合わせるしかない。

デイヴは道を渡り始めた。


〈まったくプロにあるまじき行為だ！　ランサムが見たら、かんかんに怒るぞ。有能な部下ってのは、もはや存在しないのかね〉

デイヴは、苦々しい思いで唇を引き結んだ。見張りが、前方十メートルのところで、低い秋楡《あきにれ》の根元に屈んでいた。男がその瞬間、煙草に火をつけようとしなければ、デイヴは彼に気づかなかっただろう。

〈世の中に、規律なんて残ってないんだ。マンバ・ジャックだったら、夜の見張りで煙草に火をつけたやつは誰であれ、金玉引っこ抜いただろうよ〉

数秒後、デイヴは銃口を男の耳の後ろに押し当て、ささやいた。「驚いたか」男が体をびくっとさせ、うめき声をあげ、武器を手から落とす。漏らした糞のにおいが、男の体から立ちのぼった。

「何人だ？」デイヴは小声できいた。

「あー……」

「よく聞け、ぼけなす。俺には、何も失うものはない。おまえの脳みそでここの景色を塗りたくっても、やつらが俺に何かすることに変わりはない。だから、話しちまえ。仲間は何人いる？」

「なあ、誰もあんたがここまで来るとは思ってなかった」

「三つ数える。一……」

「五人だ、旦那、五人。こちら側にふたり、向こう側にふたり、それに、建物のなかにひとり」

「信じられないな」

「うそじゃないよ、旦那。神に誓って、ほんとう……」

男を撃ち殺したい気持ちは、抑えがたいほどだった。彼らに、ランサムと彼の仲間たちすべてに、デイヴは借りがある。彼らは、デイヴを殺そうとした。デイヴの息子を、妻を、アンジェラをこの件に巻き込んだ。作り話を聞かせて、友人を敵にした。なかでも最もひどいのは、あのかわいそうなマージ・コーエンを家畜のように扱ったことだろう。彼らは、死んで当然だ。ひとり残らず。まずは、この男から……。デイヴは殺さなかった。だが、必要以上の力をこめて、拳銃で殴ってやった。二、三百メートル北のほうで、もうひとりの男を見つけたときも、同じように殴ってやった。それから、意思を表明しておく必要があると感じて、その男の足首を粉々になるまで銃把《じゅうは》で殴った。

最初の男の言ったことは、うそではなかった。敷地の南側に、見張りはふたりしかいなかった。デイヴは難なくふたりを捕まえた。今後数か月、彼らはギプスと松葉杖を手放せないだろう。

西側、建物の裏手を偵察する。誰もいなかった——この調子でいくと、事は楽々と進みそうだ。

南側の土地は、少し高くなっていて、起伏がある。デイヴは腰を屈めて、地形のおかげで人目につかない場所を、前方へ走った。裏口から三十メートルのところで、地面に身を伏せ、残りは腹這いで進む。

建物のなかにはひとり？　あの男はそう言った。ほんとうかもしれないし、うそかもしれない。知る方法は、ひとつだけだ。

デイヴはドアノブに手をのばした。簡単に回った。鍵が掛かっていない。悪い兆候だ。

なかで目にしたのは、もっと悪い兆候だった。

5

ロックイヤー研究所は空だった。何もかも、なくなっている。家具も、実験台も、実験装置も、壁の絵も。照明器具さえ、取りはずされていた。ロックイヤー研究所だったものは、今や中身のない貝殻だった。

デイヴは、足を包んでいたタオルをはずした。実験室への道筋を思い出そうと努めながら、何もない廊下を、靴下をはいただけの足で静かに歩く。

建物は、消毒薬のにおいがした。どの部屋も、どの事務室も、廊下のどの場所も、殺菌剤くさい。床がまだ濡れている場所が、一、二か所あった。デイヴは指でそこに触れ、その指を鼻へ持っていって、顔をゆがめた。濃い薬剤だ。

昨日、見学でここへ来たとき、男性用トイレ、冷水器、女性用トイレ、そして、従業員休憩室の順に通過したことを思い出した。実験室——第一から第五まで——は、休憩室の左側から始まって、長い廊下に間隔をあけて配置されていた。

〈今度の件の原因は、おまえさんが見たことじゃないし、聞いたことじゃないし、したことじゃない。そういうことじゃないんだ〉

あそこだ。トイレ、休憩室、そして……。

靴の踵が床に当たる音。誰かが廊下を、実験室のほうからやってくる。

デイヴは、拳銃を構えながら、あとずさりで角を回った。

なんとか見分けられるぐらいのかすかな明かりが、窓の向こうを照らしている。

足音が廊下の曲り角に到達し、止まった。やがて、ふたたび歩き始め、デイヴのほうへ近づいてくる。デイヴは引金に指を巻き付け、両手で拳銃をしっかり構えた。この距離からだと、標的の体に風穴があくだろう。それが結構楽しみだった。

セックスによってでも魔法によってでもなく、今や亡霊のようになったエリオット中尉は、この蒸し暑い一日を、捕食者ではなく餌食として地獄で過ごした。それは、彼には不向きの役柄だった。

ずっと走っていたのに、追跡者たちとの距離を一歩も広げることができず、中尉は、いらだち、復讐心に燃え、恐怖心に脅かされた。

もうたくさんだ。

そして、状況が一転した。彼は狩人、追跡者たちは獲物だ。これこそが、物事の正しいありかただと、中尉は知っている。

五感が改まり、知覚が変化し、前方の地形に意識を集中して、後方に潜んでいるかもしれないものは無視する。

皮膚がちくちくする。視線を左右に投げる。視界が驚くほど冴え渡り、聴力は異常なぐらい鋭い。空気のにおいを嗅ぐと、隠れている敵の頬を伝い落ちる汗の味まで感じ取れる――誓って、ほんとうだ。

狩人。

ああ、神よ、これほど生き生きと感じるのははじめてだ。

歩いてきた人物が視界に入り、窓に横顔が映った。デイヴは狙いを定めた。両手を安定させる。標的は、身長百六十五センチぐらいで、体は細い。その胴体の中心に、照準を合わせる。見張りは、M16A1突撃銃を控え銃の構えで持っていた。頭には、野球帽。その野球帽から、髪の毛がこぼれている。女だ。

一九九一年の湾岸戦争が始まってすぐ、戦闘における女性の役割について、あらゆる場所で――センテレックス社内でも――熱の入った議論がなされた。女性は戦うべきか？　女性は人を殺すべきか？　女性と肩を並べて戦うことが、男性にどんな影響を与えるか？　敵はどう反応するか？　デイヴィッド・エリオットは意見を言わず、無関心を装って、話題を変えようとした。ベトコンと戦った経験から、女性兵士が男とまったく変わらず危険な存在であることがわかっていた。それに、デイヴの知っていたどの兵士も、自分に発砲してくる敵の性別など、一瞬たりとも考えなかった。

女の見張りは、顔を左右に向けたりしなかった。退屈な任務に就く退屈した兵士といった風情で、デイヴのそばを通り過ぎ、廊下をゆっくりと歩いていく。足音が小さくなる。やがて、聞こえなくなった。

デイヴは歯ぎしりした。怒りのためだけに、もう少しで彼女を殺すところだった。

〈今夜は十分意思の表明をしただろ？〉

今度の件によって、デイヴは、自分で望まないものに変わりつつあった。二十五年前に戻されつつあった。あのときは、もう少しで一線を越えそうになった。今、またそれを越えそうになっている。

〈ランサムは、おまえさんが自分たちの仲間、同類だとずっと言い続けてる〉

デイヴは首を振った。やつらの望みどおりになるつもりはない。代償が高すぎる。

デイヴは、その代償を覚えていた。マンバ・ジャックが自分のしたことを悟り、もう戻れないところまで深入りしていると気づいたときの、ジャックの顔に浮かんだ呪いと絶望の表情を覚えていた。

〈よしよし、相棒、落ち着け。何が見つかるのかもうわかってるんだから、さっさと切り上げて、ずらかろうぜ〉

デイヴは眉根を寄せた。何が見つかるのか、わかってはいない。

〈何言ってる。わかってるだろ〉

廊下を歩き始め、実験室のある廊下へ曲がり、第一実験室だった部屋の前を通り過ぎる。そこは、研究所内のほかのすべての部屋と同じく、何もかもなくなっていた。

〈第一実験室なんか、どうでもいいよ。もう、何が見つかるのかわからないふりをするのは、やめにしろ〉

第二実験室も、状況は同じだった。第三実験室も、第四実験室も同じ。

第五実験室。

ドアもない。備品や実験装置がないだけでなく、ドアまで取り去られている。そして、室内は……。リノリウムが剝がされていた。天井のパネルがない。壁が、天井の横木が、コンクリートの床が、火炎放射機で焼かれている。漆喰を、コンクリートを、鋼鉄を、火でくまなく殺菌してある。蠅、蚤《のみ》、微生物、何ひとつ、第五実験室で生き延びたものはないだろう。

デイヴィッド・エリオットは体を折り曲げ、へなへなと床に膝をついた。その日二度めの吐瀉物《としゃ》が、口から吐き出された。

第七章　ナイトライフ

1

ランサムの言ったとおりだった。デイヴはオフィスへ戻ろうとしていた。選択の余地はない。ロックイヤー研究所に関するファイルを、バーニーの戸棚のなかのファイルを見なければならないのだ。そこに、バーニーが――バーニーとほかの誰もが――デイヴィッド・エリオットの死を望んだ理由が隠されている。

ふたたびロングアイランド高速道路に乗り、ニューヨークめざして西へひた走った。レンタカーがそのスピードに悲鳴をあげる。アクセルを床まで踏み込んだ。速度計が百三十五キロを示した。この車では、それが限界だった。ほんの少しでもスピードが上がったら、車はばらばらに吹っ飛んでしまうだろう。デイヴはハーツ・レンタカーをののしり、韓国の自動車産業をののしった。

それから、バーニー・レヴィーをののしった。バーニーが何をしたのか、デイヴは知っていた――少なくとも、大まかには。スコット・サッチャーの語ったことから、知ったのだった。


それは、一年半前のことだ。スコットと彼の妻のオリヴィアが、サットン・プレイスにある別邸での木曜のディナーパーティーに、デイヴとヘレンを招待した。サッチャーの木曜のディナーパーティーは、つとに有名だった。ほかに誰が招待されているのかは、まったく想像がつかない。訪米中の国家元首、政治学者、ノーベル賞受賞者、芸術家、作家、音楽家、それから、サーカス一座の芸人が招かれていたこともあった。サッチャーは彼ら全員を、あるいは、少なくともそのうちの興味深い人々を、接待した。

その夜のパーティーには、五組のカップルがいた。サッチャー夫妻、エリオット夫妻、売れっ子作家と大学生の恋人、西部の州から来た上院議員夫妻、そして、マイク・アッシュとルイーズ・アッシュ――ふたりともサッチャーの会社の下級役員で、結婚しており、深く愛し合っている者たちだけに可能な交戦状態にあった。

食事が終わり、皿がかたづけられた。サッチャーが立ち上がり、サイドボードへ歩いた。フォンセカのポートワインと黒檀の箱を取り出す。その両方をディナーテーブルに置いて、箱を開いた。

「葉巻はいかがかね？」

女性たちは退散した。

サッチャーは、長い、茶色のモンテクリストを取り出した。バックのポケットナイフでその先端を切り、マッチで火をつけて、狐のように狡猾《こうかつ》な笑みを見せる。「男たちに残された最後の武器だよ、諸君」濃い紫煙が、サッチャーの口からゆっくりと立ちのぼる。マイク・アッシュに葉巻ケースを渡して、「われわれのほかの武器はすべて無力にされ、策略はくつがえされ、よろいは穴をあけられた。葉巻だけが、ずたずたに裂かれた男らしさの旗の最後の切れはしとして残って、いまだにはためき、かろうじて戦場をアマゾン族の手から守っておる」

アッシュが葉巻に火をつけ、箱を議員へ回した。「ジャスティンがここにいたら……」

「ミズ・ゴールドと言いましてな、上院議員、わしの偏屈な心が愛し、まことにひねくれている点で、世界でただひとりわしに匹敵する女性です。うちの広報を担当しておりまして――骨の折れる仕事ですよ、あれは――、仕事で出張に行っていなければ、今夜ここに来る予定でした。わしがこれまで会ったどの男よりも、上質なハバナのよさを理解できるすばらしい女性です」

上院議員が葉巻を辞退し、テーブルの向かいのデイヴのほうへ箱を押し動かす。デイヴは一本取り、愛しげにそれを指で回した。煙草は遠い昔にやめたが、上等な葉巻に抵抗することはできなかった。

小説家が断りを言って、席を立った。葉巻の煙に、気分が悪くなったのだ。サッチャーが狼のような意地の悪い目付きをした。「さて、女どもと腑抜けがいなくなったところで、男同士、どんな不埒《ふらち》なことを楽しもうかね？　政治的に正しくない言葉を言い合うか？　人格を疑われるような猥談をするか？　女どもをふたたび服従させる策を練るか？　子どもを堕落させ、環境を破壊し、少数民族から金を巻き上げ、弱者を圧迫し、貧者を食い物にし、障害者に屈辱を与えるような計画を立てるか？　それとも、女どもがいちばんきらう話題、スポーツについて、しゃべりまくろうか？」

マイク・アッシュがデイヴに向かってにやりとした。「また始まったよ」サッチャーのほうを向いて、「きょうは何に憤慨してるんですか、ボス？」

サッチャーは渋面を作った。「この退廃的な時代においては、自分が気分よく感じることでは、もはや満たされないときみは気づいておるかね？」声が高くなり、憤りをともなって鳴り響く。「自尊心は満たされない。達成感は満たされない。威厳は満たされない。いや、満たされないどころか、まったく不満だ。そして、わしは、きみが気分悪く感じないと、気分よく感じられなくなったのだよ！」

「カリフォルニア自尊心委員会は……」上院議員がしゃべり始める。

サッチャーは議員のかたわらへ歩いていった。「きみが男性であることに居心地の悪さを感じないと、わしは女性であることに居心地のよさを感じられない。きみが白人であることを恥ずかしく思わないと、わしは黒人であることを誇りに思えない。きみがストレートであることに当惑しないと、わしはゲイである自分に自尊心を持てない。寛容は顧みられなくなった。それは努力が必要なあか抜けないもので、やがてわれわれにはまったくそれがなくなるだろう。平等も、これまた同じ。それはよく言っても恩着せがましさで、実際には品位を傷つけるためにある。もし、わしがしかるべき精神の調和と自尊心を手に入れたとしても、それは、きみとわしが同等となるには十分ではない。とんでもない！　優位にいなければ、わしは幸せになれないのだ。そして、わしの主張を通すため、わしはきみの蔵書を火にくべ、きみの経歴を書き換え、きみの辞書を破棄し、すべてのスピーチと意見において、政治的に正しい表現の検閲を行なう力を思想警察に与えよう。ああ、新しい語彙と巧妙な符丁が……」

アッシュが口をはさむ。「大学からのスピーチの要請を引き受けたんですね？　しようがないな、スコット、やめるように言ったのに。大学人と付き合うのは、あなたの血圧によくないんだ」

「まったくそのとおり。あのなめくじどもときたら、わしが〝インディアン〟と発言したことをあげつらって、〝ネイティブ・アメリカン〟という言葉を使わない粗野な朴念仁《ぼくねんじん》だとあざ笑いおった。そんな言葉、ずる賢くて横柄な人種差別主義者の造り出した造語で、ニューイングランドの純朴な農民を祖先に持つわれわれが、まるでほんとうのアメリカ人ではないような……」

「それは暴言ですよ、スコット」

サッチャーは葉巻をくるりと回し、歯を見せた。「まさしくそうさ。暴言を吐くのは、この歳になったわしの特権であり、人生の秋にいるわしに残された数少ない楽しみのひとつであり、この白い髪と黒い評判から考えるに、わしに期待されておることでもある。要するに、わしは気むずかしい老人で、守るべきけちな名声を持っておるということだな」

バーニー・レヴィーはそういうことをするだろうか？　センテレックス社が諜報活動の隠れみのを提供することを、許すだろうか？　もちろん、許すだろう。バーニーは、元海兵隊員だ。熱烈な愛国者の彼のことだ、ためらいもしないだろう。揺るぎなき忠誠《センパー・フィデリス》。

隠れみの的事業。それは、すべての良質な隠れみの的事業と同じく、継続して活動している事業だろう。従業員、製品、サービス、取引先がそろった事業だろう。検査を受けた貸借対照表、損益計算書、信頼のおける過去の収益があるだろう。外から見れば、ほかの事業と区別はつかないはずだ。部内者――それも、たいていはひと握りの部内者――だけが、どこか奥の部屋に、何か完全に合法的とは言いがたいものが存在するのを知っている。第五実験室のようなものが。

デイヴは、高速道路の出口の上の看板に目を留めた。ガソリン、食事、宿泊。二車線を横切って、出口ランプへ入る。背後で、大型トレーラーの運転手が警笛を鳴らした。

ガソリンスタンドは、道路を進んですぐのところにあった。二十四時間営業のスタンドで、二台の公衆電話がはっきり見える。デイヴは道からそれ、エンジンを切って、車から飛び出した。

受話器をつかみ、マージの番号を回して、ベルに耳を澄ます。応答なし。さらに三回ベルが鳴る。やはり応答なし。五度目のベルで、電話のつながる音がした。「こちら、五五五-六五〇三です。わたしたち、ただ今、電話に出られませんので、音が鳴りましたら、メッセージを残してください」

頭のいい娘だ。留守番電話の応答メッセージに、名前が含まれていない。それに、〝わたし〟ではなく、〝わたしたち〟と言っている。あまりにも多くの独身女性が、こういう簡単な用心をしない。そして、後悔するのだ。

マージは、わたしが言ったとおりのことをして、隠れ場所へ向かったのだろうか?

「デイヴだ。もし、まだ……」

〈やめろ! 口を閉じろ、この大ばか野郎!〉

デイヴは言葉をのみ込んだ。マージの留守番電話にメッセージを残すのは、まずい。大いに、まずい。ランサムがマージの電話を盗聴しているかもしれないのだ。あの男は、抜かりのない対策をとる男だ。もし、デイヴから電話のあったことをつかんだら、マージの身に、これまでよりずっと大きな危険が及ぶ。

「あー……すみません、まちがいでした」うまくはないが、これがデイヴにできる精いっぱいのことだった。電話を切り、手首に目をやる。

〈時計はないよ。あのお嬢さんに、あげただろ〉

ガソリンスタンドの店員に呼びかけた。「すまないけど、今何時かな?」

店員が、事務所の上に掛けられた大きな時計を無言で指さす。一時十二分。

ニューヨークとスイスの時差は、六時間。まだ誰もオフィスに来ていないだろう。電話をかけるには、少なくともあと一時間半待たなければならない。

〈ほんとうに彼に電話する気なんだな。バーニーなら、こう言う――言った――だろうよ、相棒。ずうずうしいやつ《フッバ》〉

ランサムは、自分がデイヴの知り合い全員に連絡をつけ、うそをついて、デイヴが気がふれて危険だということを納得させたと思っている。彼ら全員の電話を盗聴し、全員の家に見張りを置いた。ランサムは、デイヴには、訪ねることのできる場所も、頼ることのできる人間もいない。デイヴィッド・エリオットがひとりぼっちになるのを、世界じゅうに友人がひとりもいなくなるのを望んでいる。

たぶんひとりぼっちなのかもしれない、とデイヴは思った。だが、そうでないかもしれない。たぶん、ランサムが見過ごしている人物がひとりいる。デイヴが百万年たっても連絡をとらないとわかっているので、脅威と見なしていない人物が。

マンバ・ジャック・クロイター。

2

六件の高等軍法会議。クロイターが、最後だ。

軍は、思うところがあって、六人を別々に裁判にかけることにした。それぞれの男たちは、別々の将校団と顔を合わせ、ちがう検察官を相手にし、ちがう陸軍法務総監付き弁護士の弁護を受ける。同じなのは、証人だけだ。

統一軍事裁判法は効率のいい裁判を奨励している。同じ将校が、判事と陪審員の両方を務める。裁判の進行を遅らせる戦術や無意味なふるまいは、許されていない。判決は、有罪であることがあらかじめ想定されている。

最初の五件の軍法会議は、それぞれ四日かかり、二週間の間隔をおいて開かれた。結果は、予想どおりだった。

デイヴは昼も夜も独身将校用宿舎でひとり過ごした。一度、将校クラブへ行ったときは、バーテンにサービスを断られた。同僚は話しかけてこない。朝のランニングに出ると、軍服を着た者たちはみな、通りの反対側へ行ってしまう。デイヴは完全に孤立し、人との接触を断たれた。例外は、裁判室にいるときだけだ。

（検察官、ニュートン大佐）中尉、きみはまだ宣誓のもとにいる。

（証人、エリオット中尉）はい、承知しております。

（検察官）この件について、これまでに証言したことはあるね？

（証人）はい、五度あります。

（検察官）中尉、将校団がクロイター大佐に対する起訴状を読み上げるのを聞いたね？

（証人）はい、聞きました。

（検察官）問題の日、一一〇〇時もしくはその前後、きみはベトナム共和国のロクバン村に、もしくはその近くにいた。

（証人）はい、そのとおりです。

（検察官）きみの部隊の指揮官は誰だった？

（証人）クロイター大佐でした。

（検察官）指揮系統を説明しなさい、中尉。

（証人）負傷者が出ておりました。フェルドマン大尉とフラー中尉が、ほかの三人の下士官とともに、その日早く、ヘリで後送されました。残っている将校は、大佐とわたしだけでした。クロイター大佐はわたしに、アルファ・チームの指揮をとるよう命じ、ご自分はベイカー・チームを指揮されました。マリンズ曹長は下士官でしたので、チャーリー・チームを率いることになりました。

（検察官）ロクバンへ到着したときのようすを話しなさい。

（証人）見るべきものはありませんでした。村とも言えないようなところで、水田の真ん中に小屋が一ダースあっただけです。ヘリコプターは離陸してしまい、われわれは――

（将校団長、フィッシャー中将）小屋は十二軒か、中尉？

（証人）すみません。数えたところでは、十五軒ありました。

（将校団長）正確に言いたまえ、中尉。われわれは、死刑に値する罪を審理しておるのだ。

（検察官）続けて。

（証人）ほとんどの村人は田んぼに出ていました。われわれが空から降りてきても、あまり注意を払いません。前にも似たことがあったような感じでした。それで、マリンズ曹長とその部下が村人たちを集め、小屋へ戻らせました。敵の偵察隊が――

（将校団長）反政府軍か、それとも北ベトナム軍か？

（証人）そのときは、ベトコンだと報告されていました。敵の偵察隊が前日にその地域にいたことを、われわれは知っていました。そこで、敵の活動を見なかったかどうか、村人たちに質問をしたのです。

（検察官）どのような答えが得られたかね？

（証人）否定的な答えでした。全員が、われわれ以外に兵隊は見ていないと言ったのです。

（検察官）クロイター大佐はそれにどう反応した？

（証人）村人たちに礼を言って、村長《むらおさ》にウィンストンを一カートン渡しました。

（検察官）マリンズ曹長の反応は？

（証人）マリンズ曹長は憤慨しました。より強力な尋問技術を使いたがったのです。クロイター大佐に反対されると、曹長は火をつけるべきだ――つまり、村を焼き払うべきだと進言しました。

（将校団メンバー、アダムスン大佐）中尉、きみは〝より強力な尋問技術〟という言葉を使った。もっとわかりやすく説明してくれるかね？

（証人）拷問のことです。

（検察官）中尉、その、引用はじめ〝より強力な尋問技術〟引用終わり、というのは、きみたちの部隊ではありふれたことだったのか？

（証人）ありふれたこと？　とんでもない、そんなことはありません。

（検察官）しかし、使われていた？

（証人）はい、ときおり。

（検察官）誰によって？

（証人）マリンズ曹長です。

（検察官）クロイター大佐の命令を受けてか？

（証人）いいえ。大佐の許可もありません。マリンズ曹長は、その、しばしば命令を越えて行動しました。クロイター大佐は何度も曹長を叱責し、ロクバンでの出来事が起こる数週間前から、曹長を非戦闘任務に就けようとしていました。曹長が第八項にかなり近づいていると心配しておられたのだと思います。

（将校団長）記録のために説明すると、第八項は、戦地勤務においては治癒不可能な精神的不安定あるいは不適格の理由により、軍務をいっさい免じられる、としている。

（検察官）問題のとき、クロイター大佐とマリンズ曹長のあいだで交わされた言葉を、きみは覚えていて、引用できるかね？

（証人） 一言一句たがえずに覚えてはいません。しかし、会話の趣旨は覚えています。マリンズ曹長は、村人たちがうそをついていて、ベトコンに協力していると信じていました。クロイター大佐は、そんな証拠はないし、村人たちは平和を好む農民に見えると答えました。曹長は、すべてのベトナム人がうそつきであるのと同様、彼らもうそつきだと言いました。もし、村長の女房の頭に軍用ナイフ《ケイバー》を突き付けたら、村長は真実を話すだろうと主張します。大佐は、そんな話はやめろと曹長に命じ、部下全員に出発を指示しました。村を出るあいだ、マリンズ曹長は、もし村人たちがうそをついていたら、戻ってくるぞと言っていました。ひとりずつ小屋の壁にはりつけにしてやると言っていました。村人たちに向かって、そう叫んでいたのです。声が届かないところに行くまで、くり返しそう叫んでいました。

（検察官） 話を夕刻の出来事へ移す前に、中尉、問題の出来事あるいはほかの出来事において、きみとクロイター大佐のあいだになんらかの摩擦が生じたことがあったかどうか尋ねたい。

（証人） 摩擦などありませんでした。それどころか、わたしは大佐をりっぱな人物であり、りっぱな兵士だと思っています。大佐を尊敬していますし、今後もそれは変わらないでしょう。

（検察官）では、ふたりのあいだに敵意は――

（弁護人、ウォータースン少佐）わたくしの依頼人が意見を述べたいとのことです。

（将校団長）被告にはそのような――

（被告、クロイター大佐）ちょっと言わせてもらいたい。

（将校団長）座れ、大佐。これは命令だ。

（被告）命令に逆らったら、どうする？　軍法会議にかけますか？

（将校団長）大佐――

（被告）あんたが好もうと好むまいと、これだけは言わせてもらいましょう、中将。エリオット中尉は、これまでわたしが指揮した誰よりもすぐれた将校だ。

（将校団長）きみは自分の首を絞めとるぞ、大佐。冷静になれ。

（被告）われわれのあいだに敵意はない。あのときもなかったし、今もないし、これからもけっしてない。

（将校団長）わたしは、冷静になれと言ったのだ、大佐。

（被告）それから、もうひとつ――

（将校団長）法廷を一時間休廷とする。ウォータースン少佐、依頼人をよく諭すことだ。速記タイプをやめんか、伍長。

3

デイヴは、タイムズスクエアの西側の通りに車を走らせていた。ニューヨークに住むようになって二十五年、そのあいだに選ばれた市長はひとり残らず、この地域を再活性化させ、ごろつきを追い出し、良識と気品を取り戻すと約束して、市政の運営を始めた。

どういうわけか、その約束にまともに手を付けた市長はまだひとりもいなかった。それが問題だというのではない。どうせ、ニューヨーク市長を信じる人間などいないのだから。

こんな夜遅い時間には、街の動きも不活発になる。売春婦たちは、もう持ち場にいない。そのかわりに、小さくかたまって、落書きだらけの壁にだるそうに寄りかかり、煙草を吸いながら、自分のポン引きの自慢をしている。当のポン引きたちは、はでな車を降りて、こちらもまた輪になり、その日の売上げ状況によって必要となった取引の話をしている。

本格ポルノの映画館は閉まっているが、バーはまだあいており、そのきらびやかなネオンが無分別なばかどもを明るく手招きする。ときどきドアが開いて、客を受け入れたり、ぼうっとした顔の夜更かし族を吐き出したりする。彼らはどうにか無事に自分の家に帰り着けるだろうが、それは、禿鷹《はげたか》どもがもう満腹で、獲物を捕まえる気がないからだ。

麻薬の売人は、おおかた引き上げている。「ギャル！　ギャル！　ギャル！」とか「生本番ショー！」とかの店の客引きも、通りにいない。水兵が数人、用心のために身を寄せ合って、千鳥足で歩道を歩いていく。三人の十代の少年が、退屈している三人の売春婦を取り巻いた。少年の一人がようやく勇気を奮い起こして、前に進み出る。売春婦たちがにっこりした。デイヴは車を進める。

赤信号で停車した。青と白のパトカーが、隣りに停まった。運転席の警官がデイヴのほうをちらりと見て、それから通りに目を走らせる。

〈いいぞ。やつはおまえさんを改めて見たりしなかった。髪を剃って漂白したのは、名案だったな。いや、ほんと、そう思うよ〉

デイヴの腹が鳴った。最後に食べ物を口にしてから、十四時間たっている。空腹だった。そのうえ、疲れきっている。コーヒーが必要だ。濃ければ濃いほどいい。

四四丁目のブロックの真ん中辺に、二十四時間営業のカフェテリアがあった。デイヴは車の流れからはずれて、大型ごみ容器と、キャンディの包み紙を思わせるオレンジ色の高級車のあいだに、ヒュンダイを割り込ませる。車から降り、伸びをした。

三年前、デイヴとヘレンは、タンザニアへ動物の写真を撮りに行った。きわめて有能な（そして、きわめて料金の高い）アバークロンビー&ケント社が主催する贅沢な旅行だった。巨大なトヨタ・ランドクルーザーに座ったデイヴとほかの旅行者たちは、狩りをするライオンや、獲物に忍び寄る豹や、目付きの悪い、血で汚れたハイエナのそばを通ると、わーとか、おーとか、感嘆の声をあげる。ランドクルーザーが近づいても、動物たちは残虐な作業に喜々として取りかかっていて、観光客にほんの少しも注意を払わなかった。注意を払うとしたら、それは、ふっくらしたピンク色の二足動物がトラックの保護から離れたときだ。トラックを離れるということは、両者の関係を根本的に変える。トラックを離れるということは、肉になるということだ。肉に！

歩道に足を降ろして間もなく、ふたりの売春婦が近づいてきた。一方の服装は、透けすけのネットブラウスに、レモン・メレンゲパイ色のホットパンツ。もう一方は、ミッキーマウスのタンクトップに、ライムグリーンのミニスカート。

〈娼婦の世界じゃ、柑橘系の色が今年のはやりらしい〉

ホットパンツがしゃべり始めた。もうひとりがホットパンツの肩に手を置いて、耳に何かささやく。ホットパンツがうなずき、少し同情するような表情をデイヴへ向けた。「あんた、街のまちがった側に来ちゃったね。あんたのお望みの相手は、三番街の五〇丁目近辺にいるよ」

デイヴは息をのんだ。ふたりが向きを変え、立ち去る。

〈おまえさんの新しい髪形だよ。そのせいで、見た目がちょっと、その……〉

頭の、丸い剃り跡に手をやって、デイヴはにんまりとした。

カフェテリアの空気は、むっとしていて湿っぽかった。濃いコーヒーの香りが漂い、脂っこい食べ物や葉巻の煙のにおいと混じっている。店内はほとんど満席で、低音の話し声でざわついている。

デイヴはカウンターへ向かった。「チーズデニッシュの大を頼む」カウンター係はひげを剃る必要があった。目は赤く、夜がけっして終わらないと思っているように見える。「チーズは切れてる。六時か、もしかすると六時半まで来ないよ」

デイヴはうなずいた。「ほかには何がある？」

「アップル。だけど、もうぱさぱさだよ。言ってるように、六時か六時半まで来ないんだ」

「ひとつもらおう」

「返品はだめ。返金もしない」

「ふたつにしてくれ。炭水化物が必要なんだ。それに、コーヒーを頼む。ブラックで」言葉を切り、それから付け加える。「紙コップに入れてくれるかい？」

「スタイロフォームしかないよ」

「なんでもいい」スタイロフォームも、紙と同じように始末しやすいはずだ。小さくちぎってしまえばいいのだから。

カウンター係が縁の欠けた皿に堅そうなデニッシュを二個載せ、大きなスタイロフォームのコップにコーヒーを注いだ。「税込で四ドル五十」

デイヴがニューヨークではじめてデニッシュとコーヒーを買ったときは、しめて二十五セントだった。

デイヴはカウンター係に五ドル紙幣を渡した。「釣りは要らない」札入れを、ズボンの尻のポケットにしまう。

誰かが背中にぶつかってきた。デイヴは肘で後方を突いた。肘が何か柔らかなものに食い込む。痛そうなあえぎ声があがった。デイヴは後ろを向いた。掏摸《すり》が体をふたつに折って、胸を押さえている。デイヴは男の手から札入れを取り戻し、微笑んだ。

「ありがとう、拾ってくれて」

掏摸がつぶやいた。「いや、いいんだよ」あとずさりで逃げていく。

ひとりかふたりの客がデイヴを見た。彼らの目に表情はなかった。

デイヴは窓辺の席に座って、デニッシュをがつがつと食べ、コーヒーを味わった。デニッシュは乾いていたが、味はよかった。ニューヨークにまずいデニッシュはない。おかわりをしに、カウンターへ行った。

席に戻り、外に目をやる。デイヴは唖然とした。レンタカーが消えていた。盗むのにどのぐらいの時間がかかっただろう？　多く見積もっても、九十秒。

アフリカだ、とデイヴは思った。まるで、観光客が安全なトラックを離れ、草原に出てしまったような……。

くすくすよく笑う黒人女性が三人、隣りのテーブルにいた。ひとりが、ヴァージニアスリムの箱から煙草を一本たたいて出す。そのようすを見るうちに、煙草がもたらすあらゆる喜びがなつかしく思い出され、ある考えが頭に浮かんだ。ヴァージニアスリム……。

デイヴは通路に体を傾けた。「すまないけど、煙草もらえないかな？」女が目を見開く。デイヴは付け加えた。「ただでじゃないよ。ひと箱一ドル払おう」

「ちょっと、この街じゃ、煙草はひと箱二ドル五十するのよ。どこの惑星から来たの？」

デイヴは五ドル渡した。女がバッグに手を突っ込んで、新しいヴァージニアスリムの箱を取り出す。「もちろん儲けさせてもらうわよ。それに、あんた、普通の方法でお金を稼がせてくれるような人に見えないものね」

ほかのふたりが、彼女の発言を愉快に思った。三人でばか笑いを始める。「ほら、マッチもどうぞ」デイヴは箱を乱暴にあけて一本抜き出し、二十年ぶりに火をつけた。〈どうってことないさ、相棒。どっちにしたって、おまえさんは死ぬんだ〉

4

グランドセントラル駅を見て、デイヴはぎょっとした。この遅い時間、駅はまったく別の場所だった。薄気味悪く、まるで幽霊屋敷のよう……。建物内はほとんど人けがなく、そのことだけでも不自然で、うろたえさせられる。

目に入った人間は五人だけ。バックパックにもたれて眠る十代の男女。大ホールの縁に沿って巡回する警官。油で汚れた灰色と青の縞のつなぎ姿の機械工が、疲れた顔をしてホームからとぼとぼ歩いてくる。切符売場は、一か所だけ人がいるようだ。場外馬券売場の窓の上の明かりは暗い。キオスクはシャッターが閉められている。

いちばんぎょっとしたのは、床がきれいなことだった。

デイヴの靴が、大理石の床の上でうつろな音を立てる。デイヴに注意を払っている人間はひとりもいないようだ。それでも、デイヴは自分を見守る視線を感じた。敵意のある視線ではない。興味さえ持っていない。単に用心深い視線だ。

〈穴居人さ。街のこのあたりは、トンネルや地下道だらけだって話だぞ。そこに住み着いた人間が、裂け目や格子から見張ってて、誰もいないときだけ出てくるんだ〉

うなじの毛が逆立った。ニューヨークは異様な街だ。真夜中には、その異様さが増す。

デイヴは東を向いた。レキシントン街方面への出口のそばに、スピード写真のブースがあるはずだった。

説明を読んでみる。〝スピード写真。四枚一ドル。椅子の高さを調整してください。一ドル紙幣を、表を上にして差し込みます。なかへ押してください。釣りは出ません。準備ができると、緑のランプがつきます。撮り終わると、赤のランプがつきます。一分間待ってください。スロットから写真を取り出します〟

デイヴは一ドル札を機械に入れた。赤いランプが緑に変わる。カチッ。カチッ。カチッ。カチッ。ウィーン。ランプはふたたび赤くなった。六十秒数えて、細長い写真を取り出し、眺めてみると、不満に眉が吊り上がった。

〈おい、相棒、その髪形、まるで格子縞のうさぎみたいに奇妙だぞ。他人に話しかけるのはやめにしような、えっ？〉

デイヴは指で写真をつまみ、そっと息を吹きかけて、完全に乾かした。それから、スラックスからポケットナイフを取り出し、その写真を盗んだ身分証明書――〝アメリカン・インターダイン・ワールドワイド。コンピューター・システム・アナリスト、M・F・コーエン〟――の写真の大きさに切る。最初の写真は失敗した。次のはうまくいき、マージの写真とぴったり同じ大きさに切れた。

写真を証明書に貼りつけるものが必要だった。選択肢はほとんどない。実際、選んでなどいられなかった。

〈おい、だめだ！　げえっ！　ううっ！　吐きそうだ！〉

写真ブースの椅子の下を、さわってみた。思ったとおり、チューインガムのかたまりがいくつかくっついている。

〈腸チフス！　ヘルペス！　歯肉炎！〉

ひとつのかたまりをはがし、自分がこれからすることを考えないようにして、口のなかへほうり込んだ。

〈おまえさんにはあいそが尽きる〉

味はなくなっていた。どうでもいいことだ。ガムを噛んで柔らかくし、薄く延ばして、それを使ってマージの写真の上に自分の写真を貼りつけた。できあがったものを、札入れの、プラスチックの窓のある仕切りに入れる。そこは、今ではクレジットカードと同様使いものにならなくなった運転免許証が収まっていた場所だ。

さて、もう一度電話をしなければならない。

いや、しなければならないのではない。

したいのだ。

マージ・コーエンのことが気になっていた。マリゴールド・フィールズ・コーエン。デイヴは、〝マージ〟よりも〝マリゴールド〟のほうが好きだった。そして、彼女が無事だと確かめなければならなかった。

マージが家を出たことを確かめるために、ちょっと電話するだけだ。もう出たはずだ。とっくに出たに決まっている。

だが、それでも、もう一度確認したかった。

写真ブースのすぐ横に、公衆電話が五台並んでいた。そのうちの四台は、壊れていた。使えるのが一台あった。電話をかける。一回めのベル。二回めのベル。

〈彼女は、五回めのベルで留守番電話が応答するようにセットしていたな〉

三回めのベルが鳴ったが、四回めはなかった。「こちら、五五五－六五〇三です。ただ今彼女を捕まえているよ、エリオットさん。もし彼女が欲しかったら、どこにいるかは知ってるだろ」

写真ブースの隣りには今、壊れた公衆電話が五台ある。

デイヴは、コードの引きちぎれた受話器を握っていたが、そんなことをした記憶はまったくなかった。受話器の向きを変えて、うつろな心でそれを眺め、今では使いものにならなくなった架台に戻す。

マージを捕まえたなんて、もちろん、うそだ。ランサムがまた、いまいましい罠にかけようとしているのだ。心理戦争。獲物の心を混乱させる。獲物を弱らせ、脅えさせ、無分別な行動をとらせようとしているのだ。敵の精神を破壊することは、きわめて効果的で……。

マージが捕まったはずがない。デイヴは先ほど彼女に電話をかけた。そのときは、マージの通常のメッセージが、独身女性の用意周到なメッセージが、留守番電話に入っていた。それが意味するのは、ただひとつ。マージは言われたとおりにしたのだ。無事に逃げたのだ。その後、ランサムの手下たちが戻ってきて、彼女がいなくなっていることに気づいた。

デイヴは、電話を壊した自分をののしった。壊していなければ、電話をかけ直すことが、もう一度マージの番号へかけることができたのに。ランサムの声は、何かちがっていた……まるで、遠いところから聞こえてくるようだった。無線機を通しての声？　ああ、そうに決まっている。そういう仕掛けだったのだ。マージがいないことを知ったランサムの手下は、指示を求めて無線連絡をした。ランサムは、ずる賢いランサムは、無線を通してメッセージを録音した。

それだ。それにちがいない。

それは、勝算の薄い試みだ。ランサムは、デイヴの気持ちを知らないし、わかるはずもない。その気持ちとは……男が、二十歳以上年下の女性に感じてはいけない気持ち……。ランサムのほうはただ、デイヴが、二度しか会ったことのない女性に対して、しかも、醜い真実を言えば、どちらのときも利用した女性に対して、なんらかの義務感を覚えることを、推測し、期待しているだけだ。

確かに、勝算の薄い試みだ。それも、非常に薄い。時間が不足し、知恵が不足して、死にもの狂いになっている男のする行為だ。子どもだましの罠にすぎない。

だが、もし、そうでなかったら……。

もし、そうでなくても、デイヴはとにかくセンテレックス社へ戻る。バーニーの戸棚に隠された秘密を突き止めるため、それだけで、戻る理由としては十分だ。そして、もしランサムがほんとうにマージを捕まえていたら……まあ、何かするしかないだろう。

グランドセントラル駅からかつてのパンナム・ビルへは、エスカレーターが延びている。ビルは、現在の所有者メトロポリタン生命保険の名前に変わったが、ひねくれたニューヨークっ子には、保険会社の宣伝用キャラクターのビーグル犬を皮肉ったスヌーピー・ビルというあだ名のほうが、通りがいい。この深夜、エスカレーターは止まっている。デイヴは構わずにそこを歩いてのぼり、それから暗いロビーを急いで抜けて、四五丁目へ出た。

パーク街は、上方にあった。一ブロック北の四六丁目で地上を離れ、高架道路になっているのだ。デイヴの立つ位置から四六丁目とパーク街の角まで、二本の暗い歩行者用トンネルが通っており、そのトンネルの物陰に、眠っている人間の姿が見えた。デイヴは、パーク街へ行く必要があった。いざこざは避ける必要があった。

ホームレスのじゃまをしたり、頭のおかしな連中をいらつかせたりすると、いざこざのもとになる。

〈もっと安全な街へ引っ越すことを考えるべきかもな。ほら、サラエボとか、ベイルートとか……〉

人影が少なく見えるほうのトンネルを選んで、できるだけ静かに歩き始める。

ほぼうまくいったが、完璧ではなかった。四六丁目まであと少しのところで、何かがデイヴの足をひっつかんだ。アドレナリンが心臓を突き刺す。デイヴは強く足を振り、同時に腰の拳銃を抜いた。「くそっ、吹っ飛ばすぞ！」自分の大声に、自分で怖くなった。

驚いた鼠が宙を回転して、壁にぶつかり、怒りの声をあげた。デイヴは、肩で息をし、汗を流し、自分をののしりながら立っていた。鼠が四五丁目のほうへ慌てて戻っていく。

〈俺たち、少し神経過敏になってるかな、相棒？〉

拳銃をシャツの下にしまい、ゆっくり走ってパーク街へ出た。

外の景色に、デイヴはびっくりした。これほど美しいパーク街を見たことがなかったし、パーク街がこれほど美しくなるとは思っていなかった。車がなくなり、歩道から人の消えた夜の街には、平和と優しさがある。昼間の喧噪から遠ざかった今、デイヴの目には、パーク街が、うっすらと笑みを浮かべてうたた寝をする黒い髪の女性に見えた。

デイヴは束の間その場に立ちすくみ、この都市が人の心を打つほど華麗な街となることにどうして今まで気づかなかったのかといぶかった。

北行きと南行きのレーンを分ける中央分離帯は、花——春のチューリップではなく、秋のアスター——できらめいていた。花の色が街灯でやわらげられ、淡い色彩になっている。北へ延びる通りでは、信号が、青、黄、赤、そしてまた青と、順番に変化する。ビルは明と暗のモザイクとなり、藍色と深海のグリーンが大勢を占めていた。

グリーン……。

エメラルド・グリーン……緑色のびんのようなグリーン……シエラネヴァダの谷にある小さく、完璧な湖のようなグリーン……ある暑い夏の日の神秘的な夕べ……タフィー・ワイラーは、酔ってにやにや笑っている……馬たちは、馬の神に祈るかのように頭を垂れている……デイヴィッド・エリオットは、感動で胸をいっぱいにしながら、のちの人生にどんな苦難が待ち受けていようと……。

　背後の暗闇で、誰かがののしり声をあげた。物陰からびんが飛んできて、デイヴの足もとで割れる。短い時間が終わった。シエラネヴァダは消えた。街が、夜が、戻ってくる。

〈ニューヨークじゃ、日没後にじっと立ってるのはあほだけだよ〉

デイヴのうなじの毛がまた逆立った。誰かがこちらを見て、品定めをし、財布の中身を見積もっている。長居は無用だ。

デイヴは速足で北へ向かった。あと四ブロックで、五〇丁目の角に着く。よいっぱりたちはとっくにパーク街から姿を消し、仕事中毒の連中もついに帰宅していた。明かりの灯ったオフィスの窓が、ちらほら見えるだけだ。その大部分は、掃除人が仕事を終えるまで帰宅しなかった人々のオフィスだ、とデイヴは思った。とはいえ、どのビルにもまだ残っている人間がいる。デイヴのビルも例外ではなかった。

　通りを隔てて立ち、階ごとに窓を見ていった。十一階は、ほとんどの明かりが灯っている。その階に入っているのは、悪辣な商売をすることで名高い投資銀行、リー、バック&ワチュットの合併買収部門だ。さらに上に目を向けると、三十四階から三十九階を占めるマッキンリー＝アラン社の明かりの多くがまだついていた。言うまでもなく、多くの若く熱心な経営コンサルタントたちが、寝る間も惜しんで懸命に働き、とっくにベッドに入った完璧主義の経営者たちを満足させようとしているのだ。

そのほかの階では、ビルは、明と暗の市松模様を描いている。もっとも、大部分は暗く、あまり明かりは……。

〈三十一階〉

デイヴは目を細くして見た。三十一階の窓は、明るくも暗くもなかった。ほの暗いのだ。パーク街に面した窓はすべて、カーテンが閉じられている。

〈三十一階には何がある？〉

思い出せなかった。再保険会社？　いや、そうじゃない。貿易会社？　それだ。〝トランス〟という言葉が名前に入っている貿易会社だ。トランスパシフィック？トランスオーシャニック？　トランス……まあ、そんなところだ。

〈くさいぞ。やけにくさい。情報部の連中が好みそうな、特徴のない会社だ〉

「こんばんは。デートしたい？」

デイヴは、殴れるようげんこつを引いて、振り返った。

「やめて、ハニー！　あやしい者じゃないわ」

彼女（彼？）は、デイヴが見たこともないほど異様な服装倒錯者だった。背は高すぎ、体は痩せすぎで、銀色のチャイナドレスに身を包み、全身を模造ダイヤモンドで飾り立てている。

デイヴはどすのきいた声で言った。「ふたつ言う。ひとつ、人の後ろにこっそり近寄るな。ふたつ、失せろ！」

彼（彼女？）が頭をかしげ、はでなピンク色の爪をした指を一本、頬に当てて、にやっと笑う。「あら、そういうのよくないわ、ベイビー。見ただけでわかるのよ、あんたが、あたしのあげるものを好きだって」

〈だから、その新しい髪形、警告してやったのに〉

デイヴは顔が赤くなるのを感じた。それが癪にさわる。「わたしの前から去れ」

「落ち着いてちょうだい。ねえ、あんた、あたしのきょう最後の客だから、特別料金にしとくわ」

デイヴはひと言ひと言、嚙み切るように言った。「いいか、よく、聞け。一度しか、言わない。失、せ、ろ！」

「おお、こわ。そんな怖い顔しないで。でも、人は見かけによら……」

デイヴは一歩前に進み、てのひらを男の胸に当て、押した。服装倒錯者が後ろによろめいて、縁石の向こうに強く尻餅をつく。

「きゃあ！」男がぴかぴかしたエナメル革のサンダルを指さす。十センチはあるヒールの片方が、ぽっきりもげていた。「何するのよ、このけだもの！　これは、フレデリックスの通販で四十ドルもしたのよ！　送料と手数料もかかってるのに！」大声で泣き始める。

〈おや、まあ。俺たち、倒錯者いじめをしちまったかな？〉

デイヴはびくっとした。今の行為は、あまりにも自然で、あまりにも本能的——二十五年前と同じだった。問題あるのか？　問題はない。やることをやるだけだ。そうすればすぐ、人生のあいまいで複雑なものは何もかも単純化される。それから、このことを忘れるな。自分と少しでもちがっている者、自分と完全に同じでない者は、な、この世界じゃ〝的〟と呼ぶんだ。

デイヴは怒りをのみ込んで、詫びを言おうとした。

暗がりから声がした。「キンバリー、あんた、だいじょうぶ？」けばけばしい衣装の売春婦がもうひとり、通りに現われた。今度のは、女性のようだ（少なくとも、もっとまともな服装倒錯者だ）。パンティが見えそうなぐらい短いシーレ加工のスカートをはき、血のように赤いヴィクトリア朝ふうのビスチェを着て、靴のヒールは、倒れたキンバリーのそれと同じぐらい高い。

〈まったく、こいつら、どこから現われるんだ?〉

「あーん、シャーリーン、この男に殴られたの」泣いているほうの服装倒錯者が言う。

「殴ってはいない。単に……」

シャーリーンがデイヴに近づく。「あんた、荒っぽいのが好みなの? か弱いホモを殴るのが? そうなのね? キンバリーは、そりゃあいい子なのよ、旦那。あんたみたいなのは、お呼びじゃないわ」

デイヴはあとずさった。「ねえ、ちょっと、きみ《レディー》……」

「あたしはレディーじゃない。娼婦よ」ぴかぴかして鋭い何かが、彼女の手のなかでぱちんと開いた。「そして、娼婦は友だちを大事にするの」

5

デイヴは左右を見回した。タクシーは見当たらない。パトカーもいない。トヨタが一台、パーク街を北へ走っていく。運転手がちらりとこちらを見てから、顔をそらし、車のスピードを上げた。キンバリーという名の服装倒錯者が、よろよろと立ち上がる。

その目は、飢えの光をたたえていた。

シャーリーンが腰を低くし、デイヴのまわりを回る。手にあるのはまっすぐな剃刀《かみそり》で、それを見るからに手慣れた持ちかたで持っている。

「おい、ちょっと……」

キンバリーが彼女をけしかける。「そいつを切って、シャーリーン」

「そうよ、やっちまいな!」別の声。「金玉、取っちゃいなさい!」また別の声。

仲間だ。七、八人いる。黒人と白人。目を欺く服を着て、狩りをするネコ科の動物みたいに獲物を探し回る連中。肉だ!

シャーリーンの目が火花を発した。瞳孔が開いている。どうやら、ドラッグで気分が高ぶっているらしい。「白人さん、あんたの変態人生で最悪の経験をさせてやるよ」

銃で、問題は解決するだろう。デイヴはただ、シャツの下から拳銃を抜き出せばいいのだ。それをちらつかせるだけで、事は収まるかもしれない。

〈だけど、収まらなかったら……?〉

うまくいかなかった場合、事態はさらに悪くなる。そして、事態がさらに悪くなると、銃を使わざるをえない。

シャーリーンの剃刀が、デイヴの頬のそばの空気を切った。デイヴは左へ身をかわした。女が少しバランスをくずす。彼女を捕まえる気があれば、簡単に捕まえられた。

〈その場合は、ほかの全員を相手にすることになるぞ。この女には、好きにやらせとけ。彼女ひとりでおまえさんを扱えそうに見えるかぎり、ほかの者たちは手を出してこない〉

シャーリーンが低い声で言った。「腰抜けのわりには、動きが速いじゃない」ふたたびデイヴにかかってくる。デイヴは、目の高さを剃刀がかすめたとき、その風を感じた。

〈悪くない。もう少しでやられるとこだったな〉

腕のいい女だ。何か対策をとらなければならない。

剃刀が左右に動き、きらめく。デイヴのシャツに、八センチの切れ目ができた。

拳銃を抜くという危険は冒せなかった。万一発砲してしまえば、ビルに入れなくなるだろう。五〇丁目とパーク街の角はきょう、騒ぎが起こりすぎた。爆破予告電話、十二階での強盗、バーニーの自殺。もうひとつ事件が加われば、そこいらじゅう警官だらけになる。

〈ニューヨーク市警の連中がいくら知らん顔をするのが好きだからって、パーク街に銃弾を受けた死体があるとなれば、いやでも注意を向けるだろうな〉

デイヴはじわじわとあとずさりして、シャーリーンをゆっくり前に引き寄せた。近くで、足をそっと動かす音がした。誰かが彼女に手を貸す用意をしている。

〈今しかチャンスはないぞ〉

デイヴは、逃げようとするかのように、左へよろめいた。シャーリーンが、タンゴ・ダンサーさながらの優雅さとスピードで突っ込んできた。剃刀が街灯にきらめきながら、デイヴの顔へ振り下ろされる。デイヴは彼女の腕の下へすべり込んだ。女の手首が肩にぶつかる。剃刀が歩道に落ちた。

〈次の動きは、お客さんを喜ばせるよう、うんとはでにな〉

デイヴは腰を落とした。女が勢いあまって、肩の向こうへ進む。デイヴは右脚を女の踝《くるぶし》の内側に当て、それを前に蹴り出しながら、すばやく立ち上がった。シャーリーンの両足が地面を離れる。ころびかけた彼女の腕をつかんで、ぐいっとねじった。

完璧だった。見ものだった。シャーリーンはプロペラのように回転して、空中で二百七十度向きを変え、顔を下にして歩道に落ちた。血を吐き出しながら、顔を上げる。

デイヴは走った。背後で仲間たちがわめく。

パーク街を全速力で横切り、シャーリーンの友人たちが追いかける勇気を奮い起こすより早く、中央分離帯に着いた。空き缶が投げられた。缶はデイヴの尻に当たって跳ね返り、アスファルトの道路に落ちた。デイヴは走り続ける。

建築業界の反発と開発業者のいらだちをかきたてるように、ニューヨーク市は、高層ビルが十分な戸外の公共スペースを持つことを求めている。この理由によって、そしてこの理由だけによって、デイヴのビルの正面には、開けた広場があった。広場は、大理石模様のプランターに囲まれている。ときどき、家主がそこに低木の植え込みを作ろうと試みた。汚れた空気に害され、ごみくずに窒息させられて、植物は育たなかった。

デイヴはプランターを飛び越え、入口めざして走った。

広場の両側には、噴水池がふたつある――というより、あった。しかし、八〇年代の終わりに、街のホームレスたちがその装飾的施設を屋外浴場として使い始めた。ビルの管理者は池の水を抜き、周囲に金網フェンスを巡らした。

背後で、誰かがよろけてフェンスに突っ込む。デイヴは石段へ全力疾走し、ひとっ跳びでそれを越え、窓にぶつかった。その音に、夜警が顔を上げるのが見えた。デスクから立ち上がろうとしている。午前の避難のさいに、窓ガラスが二枚割れた。今はベニヤ板で代用されている。デイヴはそれに沿って走った。前方に回転ドアがあった。ひとつめの回転ドアは閉鎖中で、ドアの前に、黄色い縞模様の防柵が置かれている。

デイヴはふたつめの回転ドアに飛び込んだ。ドアを押す。びくともしない。ガラスに表示があった。〝午後九時以降の入場は、中央のドアを使用のこと〟

デイヴは回転ドアから出た。一団が迫りつつある。ひとりの女が、ほかの者たちより前にいた。割れたびんを振り回し、大声で叫んでいる。

デイヴは中央のドアを勢いよくあけた。夜警は立ち上がっていた。手には、無線機がある。それはランサムたちの無線機で、夜警はランサムの部下だった。

デイヴは、恐怖でうわずった声を出すことにした。むずかしくはなかった。「助けてくれ！　追われて……」夜警のデスクへ走る。

肩越しに後ろをちらりと見た。人数が十人以上に増えていた。ロビーへ押し入ろうとしている。

デイヴは札入れを取り出して、夜警の前で広げた。「お願いだ！　ぼくは、ここで働いてる！　夜勤の予定があるんだ！　あのけだものどもは、ぼくを殺したがってる！」

夜警の視線が、デイヴの顔から、近づいてくる一団へと移った。デイヴを見たとき、夜警は自分の見たものが気に入らなかった。一団を見たときは、さらに気に入らなかった。デスクの下に手をのばす。ふたたび現われた手は、散弾銃を握っていた。奇妙な形のチョークのついた自動装塡式のものだ。

〈イサカ・モデル37。ダックビル・チョークがついてて、完璧だ。ひさしぶりだな、なつかしの友よ〉

ベトナムで人気のあった武器だ。フルオートマチック。下側の同じポートで、装塡と排莢《はいきょう》を行なう。ダックビルが散弾を水平に、大きな弧を描くように広がらせる。もし茂みに隠れている者がいたら、だいたいの方向に銃を向けるだけでいい。あとは、四番の弾丸が始末してくれる。歩兵たちはその銃を〝ハンバーガー作りの友〟と呼ぶ。

〈もちろん、そこらにカメラ班がいるときは、イサカは見えないようにしておく。おうちの人たちに、自分らのかわいい息子がおっきな挽き肉製造機を持ち歩いてると知られちゃまずいものな〉

夜警が散弾銃を一団に向けた。あたりがしんとなった。

「街路掃除機だ」戦術警察隊でのダックビル付き一二番径のあだ名を、誰かがつぶやく。

デイヴの内なる声がけしかける。〈おおげさにやれ、相棒。おおげさに〉

デイヴは助言を受け入れた。「おお、すばらしい！　ありがとう、警備員さん！

あいつら、ぼくを八つ裂きにしようとしたんだ！」

ゲイを毛ぎらいする表情を浮かべて、夜警がデイヴをにらむ。突然、そして、生まれてはじめてディヴィッド・エリオットは。人は個人としてではなく、ある階級の一員としてきらわれるのだと知った。

「そいつの言うことなんか、聞いちゃだめ！」背の高い、ラテンアメリカ系の女がしゃしゃり出た。

夜警がうなるように言う。「文句があるのか、レディー？」

「その男、人を殴って回ってるの。あたしのダチのシャーリーンと、かわいそうなオカマの子を殴ったばっかよ」

夜警が憎しみを込めてデイヴをにらんだ。ゲイを憎悪する気持ちで、目が燃えている。デイヴは、男の嫌悪感に訴えた。それしか道がなかった。「ぼくの財布を取ろうとしたからだ！　彼女を押しのけようとしたんだよ。誰かを傷つける気などなかった！　ぼくがそんな野蛮人に見えるかい？」ジャケットから煙草を探し出し、もどかしげに火をつける。

夜警が煙草の箱をにらみつけた。ヴァージニアスリム。これで、話は決まった。

「いや、ミスター……」デイヴが手を加えた身分証明書をちらっと見る。「……ミスター・コーエン、そんなふうにはとても見えないよ」一団に向かって、「おまえたち、ここから出るんだ。表の仕事場へ戻れ」

ラテンアメリカ系の女は後ろを振り返った。仲間の何人かが励ますようにうなずく。女はいきなり、夜警をののしり始めた。「なめんじゃないよ、げす野郎！　おまえも、そのボーイフレンドも殺してやる！」

夜警の顔がまっ赤になった。散弾銃を肩の位置に持っていく。「おまえらにゲイ呼ばわりされるいわれはない」

〈おい、まいったな。こいつもマリンズと同類だ〉

死んだ曹長は、ふざけて自分を同性愛者のように扱った軍曹の顎の骨を折ったことがあった。同じような反応を示す職業軍人は、非常に多い。

〈真夜中の散弾銃での大虐殺は、絶対にごめんだぜ〉

「玉隠し男！　ゲイ野郎！」追っ手の罵声が火に油を注ぐ。

デイヴは無理やり甲高い笑い声をあげた。ノーマン・ベイツが母親にジョークを聞かせるときのように。「あいつらを殺してくれ！　けがらわしい娼婦どもを！」胸を張って二歩、一団のほうへ前進する。「すぐにおまえたちは犬の餌だぞ、この売女め！」ラテンアメリカ系の女が唐突に動きを止め、両手をだらんと下ろして、首を横に振った。デイヴはくるりと向きを変え、夜警をまともに見た。目を大きく開き、そこに狂気のきらめきが認められることを願った。「さあ、やっちまえ!」

夜警の視線が、右へ左へと、デイヴと一団のあいだを移動する。デイヴは唾を拭き取るかのように、唇に手を走らせた。そわそわと足を動かし、回れ右をして、夜警のデスクのほうへ戻る。

後ろで誰かがつぶやいた。「ちっ。やってられんよ」

夜警の態度がわずかに、しかし十分なだけ変化した。落ち着きが戻ってきている。

「十、数える」

〈さあ、やっか注意をそらしているあいだに……〉

デイヴはもう一歩下がり、夜警の視界の外へ出て、無線機の置かれている場所へ手をのばした。

「二十一まで数えられないんだよ。指が一本足んないからね」娼婦たちが笑った。夜警が鼻を鳴らす。問題は解決した。

〈いいや。問題は始まったばかりだ〉

第八章　同類

1

デイヴは、アメリカン・インターダイン社のコンピューター室に戻っていた。三十一階へ、すべての明かりがつきカーテンが閉じられている階へ、まず行きたい気持ちもあった。もしランサムがほんとうにマージ・コーエンを捕まえたとすれば、監禁場所はそこだろう。

しかし、ランサムはマージを捕まえていない。デイヴはそれを確信していた。

ほぼ、確信していた。

そのうえ、もし三十一階にランサムの作戦本部があるとすると、エレベーターにも階段室にも見張りがいるはずだ。そこへ侵入を試みるのは危険すぎるし、得られるものは何もないだろう。

それに、いずれにしても、アメリカン・インターダイン社ですることがあった。そのコンピューター本体のすぐ隣りに、ミード・データ社のネクシス・サービスの古い端末機があったのを覚えていた。それこそが、デイヴがまさに必要としているものかもしれないのだ。

ミード社は、ダウ・ジョーンズ社やその他いくつかの会社と同じように、さまざまな情報源から集めた記事や抜粋や事実のオンライン・データベースを持っている。ほとんどすべての題材について、誰でも有料で情報の検索ができる。必要なのは、電話番号とＩＤコードとパスワードだけだ。

きわめて高いコンピューター・セキュリティの水準に合わせるように、アメリカン・インターダイン社の誰かが、タイムネットのダイヤル呼出し番号とユーザーＩＤコードとパスワードを、ネクシスの端末機のキーボードにスコッチテープで貼っていた。

デイヴはキーボードに指を置き、ログインした。ニュース検索サービスを自分で利用するのははじめてだった。そういう仕事は、部下に任せている。それでも、たいしてむずかしい作業だとは思えない。

文字が一行、画面にゆっくりと出てきた。千二百ボーという氷河並みのスピードで動くこの端末機は、アメリカン・インターダイン社コンピューター室のほかのすべてと同じく、古代の遺物だ。デイヴは現われた指示をすばやく読むと、アメリカン・インターダイン社のIDとパスワードを適切な箇所に入れた。

システム・メニューが現われた。題材の選択肢が表示されている。一般ニュース、ビジネスニュース、科学的データベース、財務統計、それに、ほかの部門が五つほど。メニューの最後に、〝すべて〟とあった。デイヴが求めているものだ。

次に、端末機が、どのぐらい前にさかのぼりたいかと尋ねてくる。デイヴは〝二十年〟と入れた。〝範囲を越えています。入れ直してください〟

〝十年〟今度はうまくいった。

コンピューターが尋ねる。〝キーワード、あるいは探しているテーマは？〟デイヴは、〝ロックイヤー〟と打ち、〈エンター〉キーをたたいた。

機械が、作動中であることを伝えてくる。しばらくして、表示が現われた。〝該当するものが十二件あります。詳しく調べたいときは、〈エンター〉を押してください。調査条件を変えたいときは、〈デリート〉を押してください〟

デイヴはふたたび〈エンター〉をたたいた。

〝全文〈F〉ですか、抜粋〈A〉ですか?〟

〈A〉のキーを押す。

最初の四件の文章は、《ニューヨーク・タイムズ》《ウォール・ストリート・ジャーナル》《ビジネスウィーク》《ニューズデイ》に載った、センテレックス社のロックイヤー研究所買収にまつわる最近の記事だった。デイヴは全文を調べたりしなかった。すでに見た記事だ。

五件めの抜粋は、次のようになっていた。〝ロックイヤー、D―レセプター抗免疫薬で特許を獲得〟

デイヴは〈F〉のキーを押した。全文が画面にスクロールされてくる。たいしたことは書かれていなかった。六件め、七件め、八件め、九件めも同様。しかし、十件めは、探していたものだった。

ランドルフ・ロックイヤー死亡記事。ニューヨーク・タイムズより。九一年十二月十四日。ページ22。写真あり。二百七十語。

名高い医学研究者で、みずから設立した会社ロックイヤー研究所の取締役会長ランドルフ・ロックイヤー博士が、本日、ロングアイランドの自宅で亡くなった。

同社広報担当者の発表によると、ロックイヤー博士はしばらく前から体調をくずしていた。死因は、心不全。

ロックイヤー博士は、一九一七年五月十一日、ニュージャージー州パーシッパニーで生まれた。ダートマス大学を卒業後、コロンビア大学医学部で医学の学位を取得。第二次世界大戦では、太平洋地域で軍務に就く。一九四七年、ダグラス・マッカーサー元帥の命により、日本の連合国委員会の医療顧問となる。一九四九年、退役。

一九五〇年、博士は自身の名を付けた会社をおこし、ロングアイランドのパチョーグ近くに本社を置いた。個人所有のロックイヤー研究所は、研究及び新薬開発の独立した機関。総合的ヒューマン・バイオケミカル薬品で最初に特許を得た会社のひとつに数えられる。一九八〇年代より、免疫研究のリーダーとしてしばしば言及されてきた。

一九六四年、ロックイヤー博士は、日本の複合企業であり製薬会社である紀恒《きつね》有限会社の役員に選ばれた。また、ノルベコ製薬とスイスの実験用器械メーカー、ジャイアー株式会社の役員でもあった。一九六九年から七三年にかけては、統合参謀本部の熱帯医学に関する特別顧問となる。のちに、レーガン大統領のあと押しによって、国連の世界的流行病に関する顧問団の議長に任命された。

遺族は、息子のダグラス・M・ロックイヤーと、娘のフィリッパ・ロックイヤー・キンケイド。告別式は、土曜日に自宅で行なわれる予定。


短い死亡記事で、せいぜい十センチか十二センチぐらいの長さだ。たいしたことは書かれていない。読んだ結果、疑問がいくつかわいただけだった。

〈たとえば、どんな?〉

ロックイヤーはどうやってマッカーサーの補佐役となったのか? 当時の年齢は、せいぜい三十三、四。マッカーサーのような指導者はもっと年上の人材を求めるものではないだろうか?

〈戦時だぞ、相棒。それがどんなものか、覚えてるだろ。将軍を除けば、全員が若いんだ〉

ロックイヤーは日本の会社の役員だった。日本人は、自分たちの役員会に外国人を招かない。

〈たぶん、取引だったんだろう。技術ライセンス関係の取引あたりだ。ロックイヤーが連中に特許使用権を与え、連中がロックイヤーに役員会の席を与えた。たいしたこ

とじゃないさ〉

それに、彼は政府とのコネを持っていた。非常に高度なコネを。

〈変かな？　ある程度の年齢に達すれば、ああいう申し出がなされるもんだよ。ほら、サンドバーグ先生なんか、一ダースもの政府の委員会に名を連ねてるだろ〉

ああ、しかし……。

「ムクドリ、こちらコマドリ。十五分ごとの連絡はどうした？」ランサムは相変わらず、ぶっきらぼうで自制のきいた声を出している。

無線機からシューという音がした。「すみません、コマドリ」ロビーにいた夜警の声だ。「この無線機がおかしくなりましてね。暗号が消えてて、入れ直さなければならなかった。それに、客がいたものですから」

デイヴは舌をなめた。無線機を取り替えるのは、危険な行動だった。もし、あの夜警に気づかれていたら……。

「客？　詳しく話せ」

「どこかの変態が、娼婦どもの機嫌を損ねたんです。それで……」

「そいつは誰なんだ？」

デイヴは、ネクシスの端末に出ている残りの抜粋に目をやった。特許の物語がさらに続く。役立つ情報はなさそうだ。端末機の電源を切った。

「ただのコンピューター会社の野郎です。アメリカン・インターダインの社員。やつは……」

「名前は?」

「ええと……」

「入場記録を見ろ、ムクドリ」

当惑による沈黙が漂う。ようやく夜警がつぶやいた。「あー、その、ごたごたしてたもんで、記帳させるのを忘れました。けれど、思い出せます……ええ。名前は……やつの身分証明書を見たんだ……それには……ちくしょう、忘れました」

ランサムがうなる。「十四階か?」

「いや、十二階です。コンピューター室。確認しました。ねえ、コマドリ、やつは正真正銘ただの変態です。標的の人相書きとは一致しないし……」

「シギ、聞いてるか?」

「はい」

「十二階へ行け。男を確認するんだ。無線での連絡を絶やすな」

「もう出発しています、コマドリ」

デイヴはこういう事態を予期していた。すでにいくつかのモニターの電源を入れ、プリントアウトの束を机に広げた。ネクタイをゆるめ、プログラミング・コードを赤のフェルトペンでたどるのに忙しいふりをする。

「ムクドリ」

「はい」

「最初から順番に話せ」

「はい。俺が夜勤に就いてすぐのことでした。その男が入口に向かって走ってくるのが見えました。ニューヨークの娼婦の半分が、やつを追っかけてました。やつが入ってきた。娼婦たちもあとに続いた。やつは、連中に襲われそうなんだと言いました。やつの言葉はほんとうだと思います。あのあばずれどもは、血に飢えてるんだ」

「向こうの言い分は？」

「やつが男娼をいじめて回ってるんだと言いました。まさか。あの男は腰抜けだ。やつが人の殴りかたを知らないほうに、俺は有り金を……」

「横道にそれるな」

「はい。で、向こうがわあわあわめきたてた。だから、俺は、銃をちらつかせなきゃならなかった。連中は引き下がった。以上です」

「それで、その男のほうは？」

「頭がいかれちまいました。銃を見て、興奮したんです。俺に、銃で売春婦たちを吹っ飛ばしてくれと言いました。それはともかく、やつがいなくなってから、俺はエレベーターのモニターを見守ってたんですが、やつは言葉どおり、まっすぐ十二階へ行きました」

〈移動する方法には注意したほうがいいな、相棒。やつら、エレベーターの動きを一基残らず追っている〉

「男の特徴は？」

「ええと……背が高くて、痩せてました。頭がはげかかってて、ブロンド。あいつらがよくやる髪形、短く刈って、前に流すやつだった。色も、母なる自然に手を加えてますよ、あれは。目はバンビみたいで、大きくてうるんでた」

〈バンビみたいな目だって？　気に入ったね〉

「シギ、そっちはどうなってる？」

「十二階にいます。コンピューター室が前方にあります」

「無線機をつけっぱなしにしておけ」

デイヴは無線機を切り、机の抽斗《ひきだし》にしまった。一瞬後、コンピューター室のドアをたたく音がした。大声で言う。「あいてるよ」

シギという呼び名の男が入ってきた。若くて、ランサムのほかの部下たちと瓜ふたつ――体が大きく、筋肉質で、目は冷酷――だ。警備員の青い制服を着ている。制服は、肩のあたりがきつすぎるように見える。

「こんばんは」

デイヴは顔を上げた。すでに、別のワイヤーフレームの眼鏡を見つけてあった。目を大きく開いて、バンビそっくりに見えるよう願いながら、フレームの上から覗く。

「やあ。ぼくのお相手に来てくれたんですか、警備員さん?」

シギはデイヴをじっくり観察し、デイヴィッド・エリオットの人相書きと目の前のなよなよした男とのあいだに、なんの関連も見つけなかった。「いや、ちがうんです」抑えた声で言う。「巡回してるだけですよ。遅くまで精が出ますね」

デイヴはうなずいた。「そうなんですよ。まいっちゃう。ヴィレッジからうちへ行こうとしたときに、呼出しですからね。せっかく、ぐっとくるような……その……人と知り合ったところなのに」

ランサムの手下が唇をすぼめ、不快そうな顔をデイヴに向ける。「ほう」

デイヴはため息をついた。「夜になって、ミズーリの情報処理センターとつながらなくなったんです。システムがクラッシュしちゃってね。今週はぼくが夜間に呼び出される当番だから、ポケベルを鳴らされたってわけ。ぼくのセックスライフも、それでちょん」二拍ほど間をおいて、にやっと笑い、尋ねる。「おたくは、うまくいってる?」

警備員が顔を赤らめて、デイヴをにらんだ。

デイヴはプリントアウトに向けてフェルトペンをひらひらさせた。「その、ここでおたくとおしゃべりをしたいのはやまやまなんだけど……」

警備員はうなずき、「じゃあ、頑張ってください」と小声で言って、くるりと背を向けた。

「おたくも頑張ってね。ねえ、一時間ほどしたら、また寄ってよ。そのころには、終わってるからさ。ハーブティーを飲みながら、だべらない?」

「俺はコーヒー党だ」ドアがばたんと閉められた。

デイヴは机から無線機を取り出し、スイッチを入れた。音量は低くしてある。

「……聞きましたか、コマドリ?」

「聞いたよ、シギ。なぜ身分証明書を提示させなかった?」

「自分はけさ、ロビーにいました。標的をこの目で見たんです。やつじゃありません」

デイヴは椅子の背にもたれ、ふうっと息を吐いた。

「よかろう、シギ。以後注意するように。コマドリ、通信終わり」

「あの？」

「なんだ、シギ？」

「あの、ほんとうにやつが戻ってくると思われますか？ そろそろ二時半ですし……」

「戻ってくるさ。ほかに行くところはない。戻ってくる。そして、われわれはやつを捕まえる」

「失礼ですが、われわれはずっとそう言って……」

ランサムの声が変化した。疲れたように言う。「わかってる、シギ。確かに、一日じゅうそう言ってきたよ」思考を巡らすかのように、言葉を切る。それから、しんみりした声で続けた。「聞かせたいことがある。きょう、一度ならず、俺は標的について再考した。やつの記録について、やつがベトナムでやったことについて、考えた。ほとんどの人間は、やつのしたことは臆病から出たことだと言うだろう。だがな、ちがったふうに見ることもできるんだ。ちがう見方をして、あの男には根性があったと言うこともできる。やつがしたことをするには、勇気が要った。ちがった種類の勇気だが、勇気に変わりはない」

「どういうことなんです？」

「それは、機密扱いの情報だ。だが、ひとつだけ言っておこう。もし、臆病だったからではなく勇気があったからこそ、やつがあんなことをしたのなら、俺はずっと誤った印象をもとに作戦行動をとってきた。そして、諸君、俺はその誤った印象を修正するつもりだ」

　ランサムが先を続けるのをためらう。ライターのカチリという音が、デイヴの耳に届いた。ランサムが煙草を吸い、吐き出す。「経験、それが鍵だ。標的は、われわれが行なおうとした戦術に対して、経験豊かだった。あまりにも経験豊かだった。いいか、シギ。みんなも聞いてくれ。われわれはエリオット氏を、通常の標的と同じように扱ってきた。ところが、やつはそいつらとはちがう。似ても似つかないんだ。おまえたちと同じように、俺と同じように、やつは、命令系統の末端にいて、汚れ仕事をやってきた。ほんとうの人生をほんとうに近くから見てきており、いかなる幻想もいだいていない。ああ、シギ、この男が誰なのかおまえに教えてやろう。この男は、われわれのひとり、われわれと同類なのさ」

〈敵に会ったら、仲間だった〉

ランサムがふたたび口を閉じた。煙草を吸う音がした。「そこが、今度の件がうまくいかない原因だった。命令に従って、われわれはやつを、自分たちのひとりとしてというより、連中のひとりとして扱ってきた。簡単な的。通常の手順。そして、序盤でやつのほうが運に恵まれたとしても、残る作戦としては、ちょっとした心理戦争を行なうだけでいいはずだった。女房を、息子を、友人を巻き込んで、やつを揺さぶる。やつの動きを鈍くする。やつを簡単な標的にする」

不満のこもった声で、「とんでもない！　やつはふんと背を向けただけだった。たとえ母親を餌に使っても、やつはただ肩をすくめて、もう二、三人、撃ち殺すだろう。いいか、通常のやりかたじゃ、やつには効果がない。やつはすでに手口を知っている。われわれがそれをやつに教えたんだ。われわれの業界の伝統的なやりかたは、この標的には通じないのさ、シギ。普通の解決法は、普通でない問題を解決できない。今度のは特別なものになる」

「はあ？」

「俺は今、その準備をしてる。これはうまくいく。ほかのはだめでも、これは効くはずだ」

「なんなんです？」

ランサムの声から、疲れが消えた。かわりに、勝ち誇った口調になる。「俺は命令を解釈し直してるんだ、シギ。どのようにかは、知らないほうがいい。これが最高傑作であり、俺の代表作となることを知ってれば十分だ。このすばらしい作戦は、絶対に教科書に載るぞ。そして、エリオット氏がこの俺に牙を剝くのも、絶対に今度が最後だ。俺が標的を始末する前に、向こうから殺してくれと頼んでくるだろうよ！」

ランサムが声を出して笑う。デイヴは、彼が笑うのをはじめて聞いた。その笑いかたが気に入らなかった。

2

〈ショーの時間だ！〉

デイヴは行動計画をまだ全然立てていなかった。だが、ランサムの言葉で状況が変化した。ランサムは警戒心を弱めており、どんな罠を準備しているにせよ、それによって、自信過剰で独善的になっている。

〈〝恰好の獲物〟という言葉が頭に浮かぶな。それに、〝とらぬ狸の皮算用〟という言

い回しも〉

デイヴは靴を脱ぎ捨て、コンピューター室から走り出た。

廊下は長くて、特徴がなく、天井の蛍光灯に照らされていた。クリーム色の壁に、安っぽいアートポスターが何枚か掛かっている。デイヴの靴下をはいた足は、エレベーターのほうへ駆けながら、まったく音を立てなかった。

シギは背中を向けて、エレベーター・ロビーに立っていた。エレベーターの到着を待ちきれず、エレベーター・ボタンを押し続けている。

デイヴはそっと近づいた。シギが気配を感じ、振り向こうとする。時すでに遅し。デイヴは肩でシギを壁に押しつけ、銃口を男の首に当てた。血が壁を流れ落ちる。デイヴに後ろから強く押されて、シギの鼻が壁につぶかって折れたのだ。

デイヴは拳銃を左右にねじり、銃口を男の肉に埋めた。「三十一階だな？」

「あー……」

「わたしをだますなよ。ランサムが言ったことを思い出せ。わたしは平凡な民間人じゃない。地下鉄用コイン一枚のために人を殺すのだってていとわない。さあ、話せ。おまえらの基地は三十一階にあるんだな？」

「あい、そーれす」デイヴは男の髪をつかみ、その頭を後ろへ引いた。「もう一度」

「はい、そうです」

「フロア全体か？」

「パーク街側」

「何人いる？」

「あー……」

「この職に就いてどのぐらいだ、若いの？」

「あー、四年……」

「六年勤めないと、家族は遺族年金をもらえないぞ」

デイヴの声に含まれた何かが、功を奏した。シギは、デイヴが本気だと知った。突然、泣き叫ぶ。「知らない！　たぶん、二十人から二十五人ぐらいだ！」

「〝たぶん〟じゃ困るな」

シギはまだほんの子どもで、ランサムの下で働くには若すぎるし、見た目よりずっと軟弱だった。「頼む！　撃たないでくれ！　ほんとうに知らないんだ！」

若者は恐怖に震えている。デイヴはふたたび銃をねじった。「よし、じゃあ、次の質問だ。なぜ、おまえたちはわたしを追いかけている？」

「おい、よしてくれ！　俺なんかには、教えてくれないんだよ！　俺はただの下っ端だ！　コマドリとウズラ——あのふたりは知ってるけど、こっちには教えてくれなかったし、誰にも言おうとしない」

「何を教えてもらった？」

シギはもう、ぺらぺらしゃべっている。「何も。母親に誓って、何も教えてもらってない！　ただ、あんたを……その……殺さなきゃならない、と。至急。それから、もし……あー……つまり……もしあんたを仕留めたら、死体には……その……ゴム手袋なしでさわってはいけない、と」

デイヴは怒りに歯を食いしばった。事態はだんだん悪くなっている。

「ランサムはどこだ？」

「四十五階！　死んだ男の、あのレヴィーってやつのオフィスにいるよ！」

「そこで何をしている？」

「知らない！　神に誓って、知らない！　そこへ行ったこともないんだ！　俺はただの……」

「考えろ」デイヴは寒けを、凍死しそうな寒けを覚えた。

「ちくしょう、知らないんだ！　ほんとうだよ！　あのユダヤ女をかっさらってきたとき……」

デイヴはシギの顔を壁にたたきつけた。何度もたたきつけた。何度そうしたのか、数えていなかった。

「話せ、若造。その〝ユダヤ女〟のことを聞かせろ」

若者の口から、血の泡が出る。「おお、いてえ！　なんてことを！」

デイヴはふたたびたたきつけた。「大きな声で言え。聞こえないぞ」

「コーエンって女だ。あの女がずらかろうとしてたんだ。俺たち――俺とボビーとジヨジョ――は、女が家を出るところを捕まえた。あの女、とんでもないけだものだよ。かわいそうに、ボビーが鼻を食いちぎられた。すっかりね。あいつ、一生、プラスチックの鼻をつけることになる」

「それで？」デイヴは凍りついていた。

「誰も彼女を痛めつけなかったよ。たいしたことない。ほんの……」若者はすっかり脅えている。

デイヴはもう一度、シギの顔を壁にたたきつけた。

「どのぐらい痛めつけた？」

「あざだよ。それだけだ。誓う！」

「彼女は今、どこだ？」

「それを言おうとしてたところだよ。俺たちは彼女を三十一階に置いてた。それから、ランサムが四十五階へ連れていったんだ。わからないけど、たぶん十五分前、もしかすると二十分前かも」

デイヴは怒りに震えていた。ランサムがマージの留守番電話に残したメッセージは、うそではなかった。もし、デイヴが、アメリカン・インターダイン社のコンピューター室ではなく、三十一階へ先に行っていたら……。

「ほかに何を知っている、小僧？　何もかも話せ」

「それで全部だよ。神に誓って、それで全部だ」

デイヴはやさしく言った。「もう一度、それを言え」

「えっ……何？　何を言うんだ？」

「神の名だ。それを口にしながら死にたいだろ」

「はあ？　なんだって？　えっ、そんな、頼む……！」

デイヴは若者を突き放して、返り血を避けるために急いで三歩下がり、銃口を若者の頭へ向けた。

〈それがおまえさんのやりかたなのか？〉

これがわたしのやりかただ。

〈これまでは、正当防衛だった。足首を折ってやった男たちを除けば〉

消極的抵抗は、きょう、あまりうまくいかなかった。

〈それに、おまえさん、ガンジーとは全然意見がちがうものな〉

まったくだ。映画のほうも好きになれなかった。

シギは四つん這いになっていた。泣きながら、デイヴのほうを見る。「どうか、神様、お願いだから……」

デイヴは引金を引いた。壁の漆喰が飛び散る。シギが倒れた。顔がまっ青だった。気を失ったのだ。

3

いや、ランサム、わたしはおまえたちの仲間ではない。かつてはそうだったかもしれないが……。そうなることは、むずかしくなかったと思う。いや、むしろ簡単だった。流れに逆らいさえしなければよかったのだ。努力は必要ない。それは何よりも抵抗の少ない道だった。すべきことは、死体に向かって、肩をすくめてにっこり笑い、〝悪かったな〟と言うだけだ。そして、肩をすくめる回数が増えれば増えるほど、事は簡単になる。しばらくすると、流血の光景を目にしても、さほど気にならなくなる。死体だと考えていたものが大きな変化を遂げ、ただの肉と化す。相手を人間と呼ばなくなり、黄色いのとか、きつね目とか、米粒頭とか、ヴィクター・チャーリーとか、チョップスティック・チャーリーと呼ぶようになる。男はベトナム野郎、女は吊り目女で、神が連中を造った唯一の理由は、無差別砲撃地帯でわれわれが動く的を相手に楽しめるようにだ。あのけだものどもを見ろよ。あいつらのしていることを〝生活〟と呼ぶのか？　あれは生活じゃない。連中を吹っ飛ばすことで、われわれは連中に善行を施しているんだ。連中は死んだほうが幸せだし、赤《レッド》になるより死人《デッド》になるほうがいい。こんなに簡単なんだ、ランサム。じつに、じつに簡単だ。自分を名誉ある軍人と考えるのはやめて、名誉などないただの機械と考える。それがわたしだったんだ、ランサム。あるいは、わたしにきわめて近いものだった。はるかな僻地では、物事は非常に単純かつ明確になり始めた。すべてが物理学に収束しつつあった。弾道曲線、衝撃の強度、遠くにある物体に対して適用される力と質量の方程式……。その物体に、たまたま二本の脚が生えているにすぎない。戦争だの政治だのという問題ではなかった。われらが同盟諸国は高潔であるという問題でも、神を畏れぬ共産主義の伸張に歯止めをかけなくてはならないという問題でもなかった。重要なのは、射撃の腕前だった。向こうへ行ったとき、わたしは、この戦争は絶対に正しいと思った。今ではそう思わないだろうが、肝心なのはそんなことではない。肝心なのはな、ランサム、あんたやあんたみたいな者たちは誰ひとりとして気にかけなかったことだ。そして、ほかのわれわれに対しても、気にかけないことを望んだ。あんたたちは、われわれが機械になることを望んだ。単なる機械になること、それだけを。わたしはほとんどそうなりかけた。境界線を越えて、あんたの側へ行くところだったよ、ランサム。すでに片足をそっちへ置いていた。しかし、ある日、ジャック・クロイターがあることをして、わたしは突然自分の位置を知り、境界線から離れなければならないと気づいた。人間は人間で、必要ならば殺せるけれど、おもしろいから殺すことはできないと気づいた。そうなったら、やめなければならないんだ、ランサム。あんたたちの仕事を楽しむようになったら、やめなければならない。そうでないと、あんたたちのような人間になってしまい、生まれないほうが世の中のためだったということになる。だから、わたしは、あんたがシギと名付けたこの若者を殺さない。なぜなら、わたしはわたしで、あんたじゃないからだ。あんたは、わたしがあんたたちのひとり、あんたたちの同類だと言ったな、ランサム。一日じゅう、そう言っていたな。デイヴ・エリオットはわれわれの仲間だ。こちらの人間だ。ひと皮剝けば、われわれは兄弟だ。ランサム、それについて、わたしには意見がある。それは、こうだ。ふざけるな。

誘惑は抗いがたかった。真っ正面からの襲撃。銃撃、流血、そして、敵の屍《しかばね》を目にして覚える満足感。やってやれないことはなかった。ランサムは油断している。彼の部下たちは緊張を解いている。標的がビル内にいることを知る者はいない。不意打ちにはうってつけだ。何が起こっているのか気づかれる前に、連中の半分を排除できるだろう。

〈愉快だろうな。そう思うだろ?〉

そして、ばかげてもいる。敵の人員は無限だ。いくら殺したところで、生き残った人間が無線を使い、もっと多くの仲間を呼び寄せるだろう。ずっと多くの仲間を。フロアごとにくまなく捜索するのに十分な仲間を。

〈背を向けて逃げ出す者だけが、雪辱の機会を手に入れる〉

デイヴは逃げられなかった。答えを知る必要があり、それを見つけられるのは一か所だけ――バーニーの戸棚の、〝ロックイヤー研究所〟と記されたファイルのなかだ。だが、それはすなわち、四十五階へ行くことを、ランサムが自信たっぷりに準備している罠へまっすぐ向かうことを意味する。

ファイル――バーニーのくそファイル――を手に入れるには、ランサムを突破するしか方法がない。

〈迂回する手もあるぞ〉

迂回する手もある。そのとおりだ。ランサムを迂回する方法が、もしかするとある。途方もない考えだが、不可能とは言いきれない。

いちばんの問題は、マージ・コーエンだ。ランサムは彼女を四十五階へ連れていっており、何を企てているつもりにせよ、それはマージにとって愉快なことではないだろう。マージは今や、ランサムのゲームの一部だ。ランサムはすでに、デイヴの妻と息子を心理的武器として使った。マージも同じように使うだろう。デイヴを苦しめることなら、デイヴの注意を散漫にすることなら、デイヴを憤慨させることなら、なんでもするだろう。〝結局だな、諸君、敵の体を破壊するより、敵の精神を破壊することのほうが、はるかに心地いいんだ〟

〈それに、敵の心を吹っ飛ばしたら、その頭を吹っ飛ばすことなんか、お茶の子さいさいだもんな〉

マージの救出を試みることはできない。それこそ、ランサムの思う壺だ。数では向こうのほうが勝っている。ランサムは、四十五階へ行くすべてのルートと四十五階から出るすべてのルートを見張らせているだろう。彼の部下たちは全員、その一点だけに注意を向けているはずだ。マージを助けに行くのは、自殺行為だ。考えることさえばかげている。それに、彼女の会社にいたのは二時間足らず。デイヴは彼女をほとんど知らない。彼女に借りはない。そんな人物をランサムがどうしようと、気にする必要はないではないか。考えることさえばかげている。デイヴにとって、彼女はなんでもない。まったくなんでもない。これからもなんでもない。もしランサムが、デイヴにとって赤の他人も同然の女を餌に使えると思ったのなら、それは大きな誤解というものだ。デイヴはばかではないし、そんな餌に食いつくのはばかだけだ。

わかりきっている。だからこそ、デイヴは彼女を助けに行くことになるだろう。

4

デイヴは壁の時計を見た。午前三時三分。すべてかたづいた。

午後のうちに沈澱させた三ヨウ化窒素は、うまい具合に乾いていた。液体を濾過紙――アメリカン・インターダイン・ワールドワイド社がコーヒーメーカーに使用しているもの――に通して、結晶を会社の電話室で乾かしておいたのだ。爆薬は五百グラムにも満たなかった。量は少ないが、目的は達せられるだろう。壁に囲まれた場所なら、絶対にうまくいく。

デイヴが計画した罠は、三ヨウ化窒素だけではない。この三十分間、西と南の階段室——四十五階から五十階——にいて、ランサムの部下たちに壊された罠にかわるものを新しく仕掛けていたのだ。当然、今度の罠は、前に苦労して仕掛けたものよりも雑だ。まさにやっつけ仕事だな、とデイヴは思った。

今、デイヴは、アメリカン・インターダイン社のコンピューター室に戻っていた。ランサムがふたたび無線機を使うのを待つ。ランサムがどんな罠を考えたにせよ、それを仕掛け終えたら、部下たちに配置につくよう命じるだろう。持ち場につこうとするとき、彼らの注意は散漫になる。そのときが、デイヴが行動を開始するときだ。

だが、その前にすることがあった。それがいくらつらいことであっても、避けては通れない。そのことを考えると身がすくむが、やらなければならない。ロックイヤー研究所について、あるいはジョン・ランサムと名乗る男について、デイヴに教えられる人間がこの世にいるとすれば、それはマンバ・ジャック・クロイターだ。

デイヴは電話に手をのばした。手が震えている。手を止め、箱から煙草をたたいて出し、火をつけた。まだ手が震えていた。ジャックと話をするのは、簡単ではないだろう。あの男が許していたり忘れていたりするはずがない。ジャック・クロイターは、人を許す人間ではない。デイヴを、世界の誰よりも憎んでいるはずだ。

デイヴはもう一服した。ニコチンは助けにならなかった。

この電話をかけることは、これまで経験したなかで最もむずかしい仕事となるだろう。

デイヴィッド・エリオット中尉は、ジャック・クロイター大佐に惚れていた。デイヴィッド・エリオット中尉は、ジャック・クロイター大佐を裏切った。

軍人というのは、たがいに惚れ合うことがある。それは、セックスとは無関係だ。性的な引力は、兵士が仲間に覚える愛の模倣にすぎない。兵士の愛情は、父と息子の、兄と弟の、夫と妻のそれよりも深くなる。兵士間に形作られるきずなは、非常に、非常に、非常に古い——原始時代のもの、進化の最初からある本能、額の突き出た原人が、個人のため、集団のために一致団結したときのものだ。それは血のなかに流れており、抗うことはできない。

人は、良心の呵責を覚えずに、うそをつき、だまし、盗み、殺人を犯すことができる。例をひとつだけ挙げるならば、ジョン・ランサムと名乗る男が、夜、悪夢で悩まされたりせずにぐっすり眠ることを、デイヴィッド・エリオットは確信していた。誰でも、罪悪感を覚えずに、どの戒律でも破ることができる。時間と適切な対処法が与えられれば、自分自身を許せないほどひどい悪行や罪は存在しないし、他人もいつかは許してくれるものだ。しかし、ひとつだけ例外があり、その行為だけは、けっして許されないし、忘れてもらえない。兵士は、自分を裏切った戦友を許さない。

裏切り者は、自分を許さない。

デイヴィッド・エリオットは、なんとか受話器を持ち上げた。簡単なことではなかった。

外線の〝9〟をたたき、米国電信電話会社《AT&T》の国際電話番号〝001〟を押す。電話がカチッと鳴って、三回ビープ音がした。「IDコードを入力してください」

なんだって？

電話を切り、もう一度試してみる。同じだった。アメリカン・インターダイン社は、現代社会の醜悪なテクノロジーのひとつ、長距離電話に個人識別コードを求める電話システムを導入したらしい。独裁者はまだ元気に生きていて、電話会社に住んでいる。

デイヴは受話器を乱暴に戻し、悪態をついた。

最後の一服をして、煙草を揉み消す。電話をしなければならない。しかも、今すぐ。

別の電話を見つける必要があった。

5

デイヴは受話器を乱暴に戻し、悪態をついた。

科学技術と自分自身の両方に腹が立った。さんざん危険を冒したのに、ここでもまた、アメリカン・インターダイン社と同様に、忌まいましい電話制限システムが採用されている。

デイヴは軽率だった――いや、もっと悪くて、考えが足りなかった。使える電話を必死に求めるあまり、アメリカン・インターダイン社のコンピューター室を離れ、一階下へ駆けおりて、非常ドアをこじあけ、鍵のかかっていないオフィスを探したのだった。

〈このとんま。おまえさん、完全に脳死状態か?〉

通りから見た光景を忘れていた。十一階は、このビルでいちばん煌々と輝いていたというのに……。リー、バック&ワチュットの合併買収部門は、けっして眠らない。そこいらじゅうに人がいた。デイヴは三度呼び止められ、質問された。そのたびに、投資銀行のオフィスの奥深くへ、非常階段とエレベーターから離れた場所へ行くこととを余儀なくされた。

　悪夢だった。

「失礼、何かお困りですか？」高級なスーツに身を包んだ、背の低い、ひ弱な感じの男だった。赤毛の口ひげをたくわえ、土色の顔はいぼだらけ、少し舌足らずのイギリスなまりをしゃべった。デイヴはひと目見るなり、男に嫌悪を感じた。

「ああ、ええ」デイヴは口ごもった。「印刷会社の者なんですが」

「なるほど」イギリス人が言った。「探してるのは、ＩＰＯチームだね。あしたまでのレッドヘリングがあるからな」

　デイヴは勢いよくうなずいた。「ＳＥＣが昼までに欲しがってるようですね」業界用語に通じているふうに見せるのが重要だった。金融機関に出入りする印刷業者なら、株式新規発行《IPO》の一部始終や、予備目論見書《レッドヘリング》が証券取引委員会《SEC》の要求をかならず満たさなければならないことぐらい知っていて当然だった。

　イギリス人が答えた。「そうなんだよ」廊下の先を指さし、左へ曲がるようにとデイヴに教えた。男の視線を受けながら、デイヴは歩き始めた。

　次に出くわした人物は、背が高く、ぼうっとした感じの、ど派手な花模様のサスペンダーをした男で、デイヴは彼に、自分が法律事務所から来た使いだと信じ込ませた。

三人めの男には、イーサネットの具合がおかしいからと呼ばれたネットワーク・サービスの技術者だと説明した。

人に会うたびに、エレベーターや非常階段のある中心部から離れ、オフィスの先へ先へと追いやられた。いらだちに、叫び声をあげたくなった。

ついには、いつのまにか、北東へ通じる暗い廊下の入口へ来ていた。肩越しに振返って、誰にも見られていないことを確認し、そこへ飛び込んだ。

廊下は、秘書エリアで行き止まりになっていた。いや、完全な行き止まりではない。秘書の机の先に、最後のドアがあった。デイヴはノブを回した。ドアが、暗いオフィスに向かってあいた。パーク街の街灯の照り返しによって、部屋の広さが見て取れた。ばかでかい。バーニーのオフィスよりずっと大きい。

奥に机があるのが見分けられた。そちらへ歩き始めるなり、低いテーブルに左の向こうずねをぶつける。デイヴは悪態をつき、脚をさすった。次の数歩は注意して歩いた。

机の上に、真鍮《しんちゅう》製のスティフェル・ランプがあった。スイッチを入れる。小さな光の円が机にでき、堂々としたマルチラインの電話機が照らされた。デイヴは受話器を取り、電話をかけた。ビープ音がして、「承認コードを入れてください」

くそっ。受話器をガチャンと受け台へ戻す。

〈座れよ、相棒。ひと休みしな。じっくりと考えるんだ。これ以上くだらないミスを犯すのはよそうぜ〉

いい忠告だ。忠告を受け入れて、煙草に火をつけ、周囲に目をやる。机のランプの弱い明かりでも、家具を見分けることはできた。デイヴは圧倒された。

デイヴの座った机は、燃え立つように赤いマホガニー製で、表面に白い大理石が使われていた。突き出た両端が優雅に弓形の曲線を描き、均整のとれた円筒形の六本の脚が机を支えている。デイヴの見るところ、ダンカン・ファイフにちがいなく、軽く七万五千ドルはしそうだ。机の向かいには、背もたれがカーブし、象眼細工を施されたフェデラル様式のロリングチェアーが四脚あった。一脚六千ドル。ドアのすぐ横、壁ぎわには、チェリー材でできた背の高い整理だんす。もしチッペンデールならば五万ドルするが、その公算は高そうだった。マホガニー製の高い箱時計が、整理だんすの向かいにあった。デイヴの推測するところ、マンハイムで、一八〇〇年代初期にさかのぼれる。もしそうなら、たしか三万五千ドルの値が付いていたはずだ。

ほかにもまだ、山ほどある。このオフィスにある家具を見たら、骨董商は目に涙を浮かべるだろう。締めて百万ドルの価値が、あるいはそれに近い価値がある。多少の誤差など、そこまでいくと問題にならない。

国の経済にいちばん金銭的貢献をしない者が、この十年かそこらのうちに、最も金をためたということに、デイヴは異様さを覚えた。金持ちになったのは、ものを生産する会社ではない。自動車メーカーでも、電気機器メーカーでも、その他の工業会社でもない。どちらかと言えば、それらの会社は貧乏になった。繁栄したのは、略奪者たちだ。株式仲買人、借入金で企業買収をする者、ジャンク債発行者、企業乗っ取り人、詐欺師……。バーニー・レヴィーやスコット・サッチャーのような人間は、オフィスの調度品に百万ドルを浪費したりしない。だが、リー、バック&ワチュットのような会社の者たちは……。

二台めの電話が、デイヴの視界の隅に入った。机の後ろの、金縁のサイドボードテーブルの上に載っていた。質素な黒電話で、デイヴにはそれがなんのための電話機かわかった。交換器を通らない私用の電話だ。バーニーが持っていたし、デイヴの知り合いの重役で持っている人間も、十人を超える。それは、単なるステイタスシンボルではない。電話交換手の盗聴を心配することなく、極秘の電話をかけたり受けたりできる道具なのだ。

デイヴは椅子を回転させ、受話器を持ち上げた。発信音。国際電話のオペレーターにつながる番号を押す。「AT&T国際電話へおかけいただき、ありがとうございます。担当のスーザンです。どのようなご利用でしょうか？」

成功だ！

デイヴは指名通話を申し込んだ。

「お相手のお名前は？」

「マンバ……ミスター・クロイター。ミスター・ジャック・クロイターだ」

「ご自宅ですか、オフィスですか？」

「オフィス」

「お客さまのお名前は？」

「デイヴィッド・エリオット」

背後で男の声が響いた。「デイヴィッド・エリオット。なるほどね」

6

体のなかの神経という神経が叫びをあげ、デイヴに、物陰に飛び込んで、銃を撃てと命じた。デイヴはそうしなかった。かわりに、受話器を受け台へ戻し、背もたれに体を預けて、椅子を回転させる。

戸口に、男のシルエットがあった。みごとなデザインのスーツが、背の高い、ほっそりした体をみごとに包んでいる。片手は、さりげなくズボンのポケットに突っ込んでいる。もう一方の手を能弁に動かして、「すばらしい自制心ですね。気の弱い男なら、卒倒してるところだ。よほど豪胆な男でも、飛び上がっている。まあ、そういう普通な反応を示すのが普通じゃないですか。感銘を受けましたよ」

デイヴはただ男を見ていた。

「入っていいですかね？　わたしのオフィスなので」バリトンの、申し分なく整った声で、オペラ歌手のそれのように音楽的だ。

「もちろん」デイヴは答えた。彼はずっと背中を戸口に向けていたのだった。男は、ある程度の時間、そこにいたにちがいない。助けを呼ぶためにそっと立ち去ることも、簡単にできたはずだ。けれど、そうしなかった。この男が誰であろうと、危険ではない――少なくとも、一般的な意味では。「どうか、ドアを閉めてください」

「もちろん。ところで、わたしのオフィスをまた使うことがあって、誰にもじゃまされたくないときは、このレバーを回せばいいんです」男がレバーを回す。「完璧な安全の確保。デッドボルトによるシステム。わたしの商売では、必要なんですよ。つまり、完璧な安全の確保が」光の円のなかへ歩を進めた。

デイヴは男の容貌を観察した。悪魔そのものといった顔で、明けの明星の不吉な美しさを備えている。狩りをするネコ科の動物の優雅さで、男がロリングチェアのひとつに腰を下ろし、口もとをゆるめた。「自己紹介をさせてもらいましょう」男の笑みが大きくなる。歯が見えた。「こういうときはいつも、自分が資産家だとかなんとか、言わなきゃいけないような気がするんですよ。ニコラス・リーです。どうぞお見知りおきを。ニックと呼んでください」

リー、バック&ワチュット社の代表取締役だ。デイヴは初対面だったが、その顔と名前を知っていた。特に、顔のほうを。八〇年代には、その顔が、インスティテューショナル・インベスター、ビジネスウィーク、フォーチュンその他、数社の雑誌の表紙を飾った。しかしながら、九〇年代になると、《ニューヨーク・タイムズ》の経済欄の一面で、たいていは〝連邦政府起訴〟という言葉の含まれた見出しの下に、その顔を見つけることのほうが多くなった。

「デイヴィッド・エリオットだ」

「でしょうね。あなたと知り合えて、うれしく、光栄に思いますよ」

デイヴはいぶかるように眉を吊り上げた。

「ほら、有名人と会えたら、多かれ少なかれわくわくするものじゃないですか」

「わたしはそんなに有名なのか?」

「有名も有名。そのうち、テレビの出演依頼がどっと来ますよ。今だって、タブロイド新聞の早朝版は、あなたの顔だらけだ。といっても、誰もあなたに気づかないでしょうけどね。よくまあ、そんなに外見を変えたものだ。ところで、タブロイド新聞はあなたを、〝乱心重役〟と名付けましたよ。あまりうまいあだ名じゃないですね。それから、わたしのかかえている情報源によると、あすの《ウォール・ストリート・ジャーナル》は、編集者好みのあのすてきな点描法による似顔絵をでかでかと載せます。見出しのほうは、それはどじゃないでしょうけどね。つまり、すてきとは言えないでしょうけど」

デイヴは怒りを含んだ声で言った。「連中はわたしが何をしたと非難しているんだ?」

「非難してはいませんよ。ほのめかしてはいますが。名誉毀損で弁護士業が大繁盛のこの時代、まともな発行者なら、誰かを非難することはありません。そのかわりに、疑問を呈示したり、仮説をあげたり、文章に〝言われている〟とか〝推測されている〟とか〝考えられている〟といった言葉をちりばめる。例えば、あなたはセンテレックス社の不幸な会長を四十五階の窓から地上へ投げ落としたと〝言われている〟。金の詰まった壺のそばにあなたの足跡があるのを彼に見つけられたため、そんなことをしたのだと〝推測されている〟。あなたは会社の金で何かよくないことをしていたのだと〝考えられている〟。たいてい、そんなところでしょう？　つまり、公金横領ってことですけど」

「たいていね」

「で、やったんですか？　つまり、金をちょろまかしたかってことですけど。心配しなくていいですよ。わたしたちはここでは友だちだし、わたしは秘密を守ることについちゃ、よく慣れていますから。教えてくださいよ。どのぐらいくすねたんです？　理由は？　三つのRのどれかのせい？　つまり、ラム酒、赤毛《レッドヘッド》、競馬《レースホース》ってことですけど。さあ、ためらわないで。中年の危機ってのは、誰にでも訪れるものです。過ちを認めるのを恥ずかしがってはいけません。話してごらんなさい。絶対、悪いようにはしませんから」

リーのまっ黒な瞳が輝いた。肌に赤みが差している。この男は興味を持ちすぎだ、とデイヴは思った。

「今、それは重要じゃない」

ニック・リーが身を乗り出す。その鼻の下にうっすら浮かぶ汗を、デイヴは観察した。「もちろん、重要じゃない。単なるわたしの好奇心です。でも、満足させてもらえたら、うれしいんですがね。つまり、わたしの好奇心のことですけど」

デイヴは首を横に振った。なぜリーがこれほど自分とセンテレックス社の出来事に興味を持っているのか、答えを導き出したばかりだった。少々からかってやろう。

リーが作り笑いをした。「わたしたち、たぶん取引できますよ。そもそも、取引はわたしの商売ですからね。買って、売って、適度の利益を望む。資本主義の真髄です。つまり、取引のことですけど。だから、あなたがご自分の現況の底を流れる要素について、ひとつかふたつほのめかしてくれれば、こちらは、たぶん、あなたにちょっとした便宜を図ってあげられるでしょう」

「かなり大きな便宜でないとな」

リーは両手の指先を合わせた。「ほう、さすがに抜け目ありませんね。わかりましたか」

「もちろんさ。あす、センテレックス社の株は、肥溜《こえだ》め行きとなる。バーニーの死のニュースと資金の不正流用のうわさによってね。そして、もし、わたしが……」内なる声が忠告をした。〈罠に餌を付けろ〉「もし、わたしが、あるいはほかの誰かが

――」リーが唇をなめる。「――センテレックス社の金をもてあそんでいたとしたら、株価はさらに落ち込む。一方、もし、すべて問題なければ、あるいは、もし損失がたいしたことなければ、株価はもとに戻る。いずれにしても、真実を知る者は、大儲けをするのにうってつけの立場にいることになる」

リーが針に掛かった。デイヴは、相手がよだれを垂らすのではないかと思った。

「そのとおり。特権付き取引――選択売買権のうまみは、とても魅力的ですよ」

「内部情報を知っている者は、一ドルの投資を五ドルにできるだろう」

リーがふんと鼻を鳴らす。「わたしはいつも、百万ドルの投資を五百万ドルにできるというふうに考える」

「それは好き好きだ」

「で、取引に応じてくれますか？　もう、夜が終わる時間だ。まもなく、ロンドン、フランクフルト、アムステルダム、チューリッヒ、ミラノで市場が開きます。もし取引に応じてくれるのなら、今決めてもらえると、こっちは仕事に取りかかれるんです」

「そっちは何を提供してくれる？」

「できるだけのことを。志を同じくするボウスキー、キーティング、レヴィーン、ミルケン、その他の諸氏に訪れた嘆かわしい運命が、緊急避難のための備えの大切さをわたしに教えてくれました。人というのは、いつ急に逃げる必要に迫られるかわかりません。だからわたしは、ハドソン川の向こうのテタボロー空港に、燃料を満タンにしたガルフストリームを一機、いつも待機させています。必要なものはすべて機内にあります。それに、ドイツマルク、スイスフラン、円、イギリスポンドの束がいくつかと、わたしの記憶が正しければ、クルーガーランドのかたまりが一、二本。ジェットの航続距離は長いですから、逃げ場所としては、伝統的な南アメリカとか、お望みならば、わたしのお薦めの、陽光あふれるスペインとか、さわやかなポルトガル、あるいは気ままに暮らせるギリシャなど、自由に選べます。そういった土地の生活費は安く、気候は温暖で、当局を丸め込むにも金がかからない。わたしのリムジンは、五番街に停まっています。運転手は待機している。一時間後には、すべてのやっかいごとをあとに残して、機上の人となれますよ。どう思われます？」

「わたしがこのオフィスを出たとたんに、あんたはわたしを当局へ売ると思うね」デイヴは拳銃を抜き、リーの胸へ向けた。「新聞によると、あんたはありとあらゆる犯罪で起訴されている。いくつかの告訴を取り下げてもらうのと引き換えに、わたしを連中に渡すつもりだろう。あんたは取引をする商人だよ、ミスター・リー。自分でそう言っただろ。こんなチャンスをのがすはずがない」

リーががっかりした表情をする。「いや、ほんとうに、そんなつもりは……」

「だまれ。ふたつ、言うことがある。ひとつ、わたしはセンテレックス社の金を盗んでいない。少なくとも、ひとりではね。バーニーがいっしょだった。実を言えば、バーニーが思いついたんだ。ふたりで、年金基金と従業員持株制度と金庫から奪い取った。しかも、すべてを奪った。もう一銭も残っていないよ。センテレックス社は破産している。バーニーはこれ以上、精神的重圧に耐えられなくなった。だから、窓から飛び下りたんだ」

リーが貪欲さで目を輝かせ、猛烈な勢いでうなずく。「ああ、なるほど、そうか!」

「ふたつめ。あんたに眠ってもらう」

リーの頭の動きが急に止まった。「いや、そんな。だめだ。外国市場がもうすぐあく。急いで売って……」

「残念だな。だが、心配しなくていい。ニューヨーク市場があくまでには、目が覚めると保証するよ」

「頼む」哀れっぽい声で言う。「お願いだ。せめて、フランクフルトへ電話を……」

「そうだな……」デイヴは立ち上がった。リーが熱の込もった目で見て、電話へ手をのばす。デイヴは、リーの顎の向きが気に入った。デイヴの表情に気づいて、リーが甲高い声を出す。「殴らないでくれ！　あざができる！　バスルームにある。戸棚にあるよ。薬が。鎮静剤が。睡眠薬が。抱水クロラールを持っている。とにかく殴らないでくれ！」

ニコラス・リーの金の腕時計の重みが、腕に心地いい。腕時計が必要だったので、リーが自分と同じ重いロレックスをしているのを見つけて、デイヴはうれしくなった。一方、ニック・リーの財布は、役に立たなかった。そのなかには、クレジットカードしか入っていなかった。けれども、ズボンのポケットに、十八金のティファニーのマネークリップがあった。二十ドル札、五十ドル札、百ドル札がはさまれていた。さらには、五百ドル札が何枚かあった。よく調べると、かなりの枚数だった。

〈最初に、やつに歪曲した株式情報を与え、それから、やつのポケットの金をすっかりいただく。おまえさんのやりかた、好きだね〉

デイヴのポケットの無線機が、つぶやきを漏らした。ランサムの声が聞こえてくる。

「よし、みんな、ロックンロールの時間だ」

第九章　ジャック

1

　戦闘部隊が最も弱点をさらけ出すのは、持ち場に移動するときだ。これから数分間、ランサムの部下たちは、階段を上り、ドアをあけ、身を隠すのに忙しくて、警戒がおろそかになるだろう。デイヴは有利な立場に立てる。

「ムクドリ、こちらからさらに数名をロビーへ行かせた」

「もう到着してます」

　ほんの数分間の混乱――この機会をのがすわけにはいかない。彼らより先に四十五階へ、バーニーの戸棚とマージ・コーエンのもとへ、行かなければならないのだ。

「結構。そいつらを見えないところに隠し、完璧な警戒態勢をとらせろ」

「準備万端整ってますよ、コマドリ」

エレベーターを使うのは、問題外だった。エレベーター群はふたつに分かれ、一方は下の二十五階ぶん、もう一方は上の二十五階ぶんになっている。一度ロビーへ戻らないと、デイヴはセンテレックス社へ行くエレベーターに乗れない。ムクドリという呼び名の男が、エレベーターの制御盤を監視している。四十五階のボタンを押したら、すぐ知られてしまうだろう。

「アルファ・チーム。ウズラ、おまえが指揮官だ。俺をがっかりさせないでくれよ」

「了解、コマドリ」

こうなったら、走るしかない。三十四階ぶんの階段を駆けのぼるのだ。

「オウム、おまえはベイカー・チームの責任者だ。おまえたちには、遊軍になってもらう。四十三階南の階段室の外に控えろ」

「承知しました、コマドリ。三分で持ち場に到着します」

しかし、クロイターへの電話がまだだった。デイヴは、リーの私用の電話機に目をやった。そちらへ一歩進む。

「ハト、おまえにはデルタ・チームを任せる。カワセミ、おまえとチャーリー・チームは、俺といっしょに行動だ」

「うー、ボス。ゲロが出そうです。サファイアの母ちゃんが……」

「もう一度『エーモスとアンディ』のジョークをやったら、カワセミ、おまえの次の勤務地は南極だからな」

足を止め、首を振った。クロイターは話をしてくれないだろう。彼に電話をかけるのは、時間のむだかもしれない。

「さて、みんな、聞いてくれ。出入口には近づかないこと。階段やエレベーターのそばに、人影が見えるのは困る。この作戦が成功するための唯一の方法は、標的が難なくビルへ入るようにすることだ」

「ゴキブリホイホイ作戦ですか？」

「そのとおりだ。ハト。やつは入ってくるが、出ていくことはない」

デイヴはドアのほうを向きかけた。途中で動きを止め、電話機を見る。どうしたらいいのかわからなかった。

「最後にもうひとつ。これは俺の強い希望だが、標的を殺すな。おまえたちが脚を狙ってくれると、俺としてはありがたく思う。やつの動きを止めろ。自由に痛めつけていい。だが、ほかに方法がない場合を除いて、殺すな」

デイヴは眉をひそめた。ランサムの命令は不可解だ。状況が変わったのか、それとも……。

カワセミと呼ばれた男が、ふたたび発言した。「何を考えてるんです、ボス?」

「午後の命令を変更する知らせがあった。事が終わったあかつきには、標的を酸の風呂に入れろとのお達しだ。しかしながら、その命令は、そのとき、標的が死んでることを求めてない」

「のみ込めました、ボス」

デイヴは顔をゆがめた。のみ込めたよ、ランサム。

「さあ、みんなを持ち場につかせろ」

デイヴはドアを見た。電話を見た。決断しなければならない。

2

「ビッテ(はい)?」

デイヴはソケットから電話線を引っこ抜きたくなった。相手の女が英語をしゃべれないのだ。「クロイター」怒りを含んだ声でささやく。「ミスター・ジャック・クロイターと話をしたい。クロイターだ。頼む」

女の返事を聞くのは、これで三度めだった。「ナイン、ナイン、イッヒ・フェアシュテーエ・ニヒト（いいえ、いいえ、わかりません）」

腹立たしいことだ。時は刻々と過ぎてゆくのに、いまいましい女は、デイヴの言うことを理解しようとしない。どうしてクロイターの名がわからないのだ？　こんな女、地獄へ堕ちてしまえ！

スイス人は二か国語を話すことになっている。デイヴは大学二年レベルのフランス語を試してみた。「マドモワゼル、ジュ・デジール・ア・パルレ・アヴェク・ムッシュー・クロイター、ヴォートル・プレジダン（社長のムッシュー・クロイターと話したいのです）」

「ビッテ（はい）？」

怒りで顔がまっ赤になった。「クロイター。ク・ロ・イ・ター．じゃがいもねえちゃん、自分の上司の名前も知らないのかい？」

女が丁寧な声で、「アインス・アウゲンブリック、ビッテ（少々お待ちください）」と言って、デイヴを待たせる。

まもなく、電話の向こうで別の女の声がした。英語を話すドイツの女性にありがちな、陽気に歌うような調子でしゃべる。「はい。ゾルフィヒです。ご用件をどうぞ」

ありがたい！「クロイター大佐をお願いしたいんです」

「ああ」女が電話の送話口を手で覆うのが、デイヴにはわかった。女の早口のドイツ語が聞こえる。それから、女はデイヴに向かって言った。「お手数をかけてすみませんでした。こちらでは〝クルーター〟と呼んでおりまして、おたくさまが〝クロイター〟とおっしゃられたものですから。申し訳ありません」

デイヴは歯ぎしりした。女が続ける。「ヘル・クルーターは、ビュロー――ええと、英語では――オフィスにまだ来ておりません。もうすぐ来ると思います。おことづけをいただければ、こちらから電話させますが？」

「電話は受けられないんだ。また電話します。デイヴ・エリオットから電話があって、またかけると言っていたと伝えて……」

電話がカチッと鳴った。デイヴはあせった。「もしもし！」大声で呼びかける。「もしもし！　聞こえますか？」

一瞬の静寂ののち、意地の悪そうな間延びした声が聞こえた。「おしおきは受けるよ。俺を縛って、けつを羽根でくすぐるといい」

「あー、そちらは……」デイヴは言葉につまった。相手が誰なのか、わかっていた。

「坊主、俺に電話をよこすまでに、えらく時間がかかったもんだな。もう連絡はもらえねえとあきらめてたとこだ」ニューヨークとバーゼルの接続は完璧で、声がはっきり聞こえた。まるで市内通話のようだ。

ジャックは、デイヴと話をする準備ができているようだった。デイヴには予想外の反応だ。どう対処したらいいのか、デイヴにはよくわからなかった。「それは……あの……だから……」

「ああ。わかるさ。俺のほうから電話してもよかったが、時と場所を選ぶのはおめえさんのほうだと思ったもんでな」

ジャックの言葉をどう解釈したらいいのだろう。デイヴはためらいがちに言った。

「で、ええと……ジャック、元気ですか？」

「相変わらずだよ、坊主。ありがてえ神様が、俺に髪と健康を残しておくことにしたんだ。それ以上望んだら、ばちが当たる。で、おめえさんのほうは、どうなんだい？つつがなくやってるのか？」

「一応は」

「で、家族のほうは？　おめえさんがしょっちゅう写真を見てたブロンドのお嬢さんはどうしてる？」

「アンジェラです。元気ですが……その、今は別の妻がいます」

「ああ、まあ、みんなそうさ。俺なんか、半ダース近い女に引っかかった。ことわざにあるとおり、くそは踏んづけちまうもんだ。それで、仕事のほうはどうだ？　うまくいってるか？　大物弁護士になって、儲けてるのか？」

「ロースクールへは行きませんでした。今はただのニューヨークのビジネスマンです。でも、ええ、うまくいっているのと思います。というか、いっていました。実は……その……職を失ったばかりでして」

「そいつは気の毒だな、坊主。ほんとに気の毒だ。こっちは、目が回りそうなぐれえ忙しい。ここに作った会社が、どんどん金を生みやがる。まったくひでえもんさ。ドナルドダックのしみったれのおじさんみたいに、ばかでけえ金庫が要りそうだ。戦士という、昔ながらの名誉ある職業が儲かるとは思えねえだろうけど、ところがどっこいなのさ。坊主、いいか、傭兵派遣と武器輸出は現代の成長産業だ」

「ご成功、何よりです、ジャック」

「で、おめえさんは、首を切られたんだったな」

「ええ、まあ……」

「なあ、坊主、それなら、あのでっけえ銀色の鳥にけつをのっけて、こっちへ来るといい。話に花を咲かせようじゃないか。ひょっとすると、空いてる仕事を見つけてやれるかもしれねえ」

「ええ……」

「そうしよう、坊主。おめえさんはいつだって俺のお気に入りだった。おめえほどできのいい男には会ったことがねえ」

「ジャック……ああ、なんてことだ、ジャック……」ちがう。これは予想していた展開ではない。まったくちがう。

「おい、おい、坊主。どうした？　ベトナムでの出来事をまだ気に病んでるのか？」

「そうじゃない」不思議なことに、デイヴは目頭が熱くなるのを感じた。「あるいは、そうかもしれない。だけど、いいですか、ジャック、わたしはあなたのことを密告したんですよ！」

「ああ、だから？」正しくない返事。デイヴが聞きたい返事とはちがう。

「あなたは軍法会議にかけられた」

「だから、なんだと言うんだ？」

言葉につまって、デイヴは口をぱくぱくさせた。

「軍法会議にかけられるのは、やったことの代価としちゃ、それほどひどくなかった。あいつらはワルで、殺す必要があったし、あいつらがいなくなって、世の中、ちっとはましになった」

デイヴはどうにか言葉を絞り出した。「ジャック、わたしはあなたを裏切ったんです」

「おい、なんだ、だから長年、俺に連絡をくれなかったのか。俺がいまだに怒ってると思ってたのか。ばかだな、坊主、天然ばかだ。ほんのわずかの時期を除いて、おめえさんに腹を立てたことはねえ。結局、おめえさんは正しいことをしただけだ。なあ、坊主、俺が正しいことをした野郎に一度でも文句を言ったことがあるか？　いや、俺はそんな男じゃねえ。確かに、裁判の成り行きを少しは心配した。だが、少しだけさ。あらゆることを知り尽くしてる俺を営倉に入れる勇気は、連中にはないと踏んだんでな。そして、それは当たってた。そこで、連中は俺の尻を蹴飛ばして、軍隊から追い出した。今、俺は、スイスに肥えた銀行口座を持ち、ばかでけえメルセデスに骨張ったけつをのっけて走り回り、車で乗りつけると、連中の使用人たちがドアをあけるために駆けてくる。へっ！　だから、坊主、言ってみろ。どうして俺がおめえさんに腹を立てなくちゃなんねえのか？」

デイヴィッド・エリオットは二十五年間、罪だと思っていたことのために自分を罰してきた。それなのに、被害者のほうは、デイヴを責めなかった。デイヴに感謝した。

許してもらうより、もっと悪い。

デイヴは壁にげんこつを食らわせた。

「聞いてるか、坊主？」

「ええ」デイヴは手を見た。関節に血の玉ができつつある。

「さて。そっちは、ええと、〇三〇〇時ぐれえか。単に旧交を温めたくて電話してきたんじゃねえよな」

「そのとおりです」痛みを払いのけようと、手を振る。痛みは、心地の悪いものではなかった。

「よし、じゃあ、用件を聞こうか」

デイヴは何か言おうとした。言葉をのみ込み、深呼吸して、もう一度やり直す。

「ジャック、あなたは……ジョン・ランサムという男のことを聞いたことがありますか？」

クロイターの声が明るくなった。「ジョニー・ランサム？　もちろん知ってる。部隊の曹長だった。ええと、そうだな、たぶん、おめえさんが来る八か月か九か月前のことだ」

デイヴの心臓が高鳴った。ランサムは確かにクロイターの部下だったのだ。もしかすると、ふたりは今でも親交があるのかもしれない。「彼は今、どこにいます？」

「どこにもいねえ。ワシントンの例の黒い壁に名前が載ってるのを別にすればな」

「死んだんですか？」デイヴは唇を噛んだ。

「まちげえなく。地雷を踏んだんだ。俺が自分でやつを袋に詰めて、荷札を付けた。なぜ、そんなことをきく？」

「彼の名前を使っている男がいるんです。その男は、あなたの部下だったと言っています」

「部下は山ほどいた。そいつ、どんな男だ？」

「大きく、がっしりしていて、筋肉隆々。白髪交じりの砂色の髪。角張った顔。身長百七十七から百八十センチ。アパラチアなまりがあって……わたしたちふたりともが知っている人間の声のようでした」

「当てはまるのが一ダースもいる。ほかにわかってることはねえのか？」

「あまり。ただ……もしかすると、確かじゃないんですが、彼の本名はドナルドかもしれません。ふと耳にして……」

「ふむ。ジョニー曹長と同じ時期に、部隊にはドナルドがふたりいた。ひとりはいちばん下っ端の軍曹で、もうひとりは大尉だ。下っ端のほうは〝氷男〟、もう一方は

〝冷酷大尉〟と呼ばれてて——どっちも、おめえさんと同じように、食えねえ札付きだった」

「わたしは、札付きなんかじゃありませんでした」

ジャックが言葉を吐き出す。「何言ってやがる！　おめえさんとあとのふたりのちがいは、おめえさんにはユーモアのセンスがあったことだけだ」

いや、ちがう、とデイヴは心のなかでつぶやいた。そうじゃない。わたしはそんな男じゃない。そんな男じゃなかった。わたしは……。

「で、坊主、おめえさんのドナルドとやらについて、ほかにどんなことを知ってる？」

「彼はいろんな身分証明書を持っています。ひとつには、退役軍人局の人間だと書いてあります。もうひとつには、特殊コンサルティング事業団とかいう組織で働いているとあります」

ジャックが鋭く息を吸い込む音が、デイヴの耳に届いた。「おめえさん、その連中とどんな関係があるんだ？」

デイヴはその質問には答えずに、「彼らは何者なんです、ジャック？」

クロイターの声は、非難の刺《とげ》を含んでいた。「請負人。日雇い。俺みてえな人間が肥やし用の鍬《くわ》でさえ触れねえような仕事をする」

「それは……」

クロイターがふんと鼻を鳴らす。「ちょっとばかし聖人ぶって言ってるように聞こえるかもしれねえな。あの、弁護士とティファナの驢馬《ろば》に乗った女のジョークみてえに、プロとしての倫理がどうのって言ってるようにな。だが、ちがう。やつらは、俺なら絶対やらねえような仕事をやってる。特殊コンサルティングってのは、道徳にこれっぽっちも関心を払わねえ連中の集まりだ。少なくとも、はた目にはそう見える」

「雇い主は誰ですか？」

「金を持ってるやつなら、誰でもいい。やってもらいてえ汚れ仕事があって、金を払うのをいとわねえやつらが雇い主さ」

「政府は？」

「近ごろはちがう。それはまちげえねえ。特殊コンサルティングは長いこと、合衆国政府の仕事を干されてる。二十年かそれ以上な。ワシントンの誰ひとりとして、連中と接触しようとしねえ。といっても、どこかで、なんらかの方法で、ひとつやふたつ、まだ関係を持ってる可能性はある。直接の関係じゃねえよ。請負人や下請けとしてじゃねえ。孫請けとか、そんなやつだ。あの組織の歴史は長くて、俺の親父が戦争から戻ってきたときにさかのぼれる。連中に友だちがいても、おかしくねえってことだ。これで、おめえさんも、あの男たちのことを尋ねるような、まともな人間ならしねえはずの質問をしてるわけを、俺に話す気になったか？」

「わたしなりの理由があるんです。彼らについて教えてください、ジャック。彼らは何者で、何をするんです？」

「よしてくれ。俺は連中の誰ひとりとして知らねえ。知りたくもねえ。何をするかってことについては、そうだな、一般的に言って、特殊コンサルティングみてえな組織は、あらゆるビジネスを手掛けてる。基本的な情報収集と分析、ちょっとした贈賄や外国の役人の買収、軍事作戦の下請け、謀略絡みの研究開発、武器セールス、それから、家宅侵入、盗聴、強盗、その他、さまざまな不正工作」

「謀略絡みの研究開発？」

「ああ、本物のろくでなしだけが考えるような悪魔の仕事だ。サダム・くそ・フセインやカダフィあほ大佐がな」

「それは、つまり……」

「坊主、俺はこの会話の流れがどうも気に入らねえ」

デイヴは深く息を吸い込んだ。「ジャック、わたしは知る必要があるんだ。どうしても！」

クロイターがため息をつく。「俺には、推測しかできねえ。おめえさんに教えられるのは、ずっとうわさがあるってことだけだ。俺の覚えてるかぎり、ずっとある。第二次世界大戦の終わりにロシア野郎が占領したドイツの東半分には、ドイツ人どもが作った死の収容所の多くが集中してて、そこでは括弧付きの医学実験が行なわれてた。そんな土地を占領した、便所のねずみみてえに頭のねじのはずれたヨシフ・スターリンが、ドイツ人どものやってた忌まわしい研究の成果を手に入れたと想像してみろ。そして、やがてわが国の人間がそれを知って、ロシア野郎がそんなものを手に入れたんなら、俺たちもそいつを持とうじゃねえかと言ってるのを想像してみろ」

「そいつ？」

「病原菌だよ、坊主、病原菌。ペストに、疫病。細菌に、ウイルスに、生物兵器。敵の科学者の多くがその研究に関わってるといううわさが、当時広まってた。今でも、それに関わってる人間がいるってうわさだ」

長い間があく。デイヴは煙草に火をつけた。

「えらくおとなしいな、坊主」ジャックの声は穏やかだった。言葉に、それとない気づかいが含まれている。

「考えているんです、ジャック」

「考えてるって、何を？」

「もし五十年前、誰かが、例えばマッカーサーの参謀部の軍医が、日本の生物兵器研究施設を見つけたとしたら、どんなことが起こるかを」

「簡単な質問だよ、坊主。それは箱詰めにされ、船便で国へ送られる。ナチのすべてのロケット科学研究所を、研究員もひっくるめて箱詰めにしたのと同じ方法でな」

「その後は？」

「覚えてるだろうが、生物兵器は完全に違法だ。議会で禁止され、条約で否定されてる。だから、それを秘密にしておくためにあらゆる手立てが講じられる。おそらくは、下請けに出すんじゃねえか――おめえさんのお友だちの特殊コンサルティングとか、そんなところに。そして、そのことを知っておかなきゃならねえ少数の人間には、何もかもが完全に研究のためだという説明がなされる――単に、ロシア野郎におくれをとらずにいるためだと。ロシアの連中は、バイオプレパラートと呼ばれるものをアラル海のある島に持ってる。その島への訪問を許される人間はほとんどいねえ。訪問した人間は、二度と戻ってこねえ。だから、もしロシア野郎がちっとばかし違法の研究開発に関わってるとしたら、ヤンキー野郎だってやってると考えておかしくねえわけさ。そして、言うまでもなく、何者かがそのことをばらそうとしてると、やつらの誰か——こっちの連中か向こうの連中か——が思ったら、やつらは専門用語で〝適切な処罰〟と呼ばれることを始める。その言葉には、おめえさんも俺も残念なことによく知ってる、遺憾ではあるが必要な措置をとる意味も含まれてる」

「最後にもうひとつ教えてください、ジャック。そういった兵器に汚染された人間はどうなるでしょう?」

「坊主、そいつは死ぬだろうよ」


あの猿だ。あのいかれた猿だ。

デイヴは、マージの猫に嚙みつかれそうになった瞬間から疑いをいだき、バーニー・レヴィーが最後に買収した会社の、破壊された内部を見た瞬間に知り、それ以来ずっと、自分の考えがまちがっているよう祈っていた。

ロックイヤーは、生物兵器研究所の隠れみのだったのだ。第二次世界大戦の終結時から、それは存在していた。それを創設したのは、五十年前の軍服姿で肖像画のポーズをとるような男だった。

兵器研究所。外見は、普通の生物工学会社のように見える。しかし、内部は——第五実験室内は――、普通とはほど遠い。あの猿も、普通の研究所の動物ではなかった。あれは、実験物質に感染していたのだ。そして逃げ出し、嚙みついた相手が……。

〈故デイヴィッド・エリオット〉

バーニーはだまされて、ロックイヤー研究所を買った。その理由も、いきさつも、今となってはわからない。もしかすると、公平な仲裁者のハリー・ハリウェルが取引のお膳立てをしたのかもしれない。ほかの人物かもしれない。それは、重要なことではない。重要なのは、バーニーの義務感に訴えたということだ。バーニーは、言われたうそを鵜吞みにした。だから、進んで協力した。協力するのは、バーニーにとって問題ではなかっただろう。お国のためだと頼まれれば。揺るぎなき忠誠《センパー・フィデリス》。

かわいそうなバーニー。彼は、ロックイヤー研究所の真の姿を知らなかったはずだ。真実を聞かされなかったはずだ。あのことがあるまでは……。

〈バーニーは、有名な元密告者に研究所の管理を任せた。そして、密告者が感染した〉

遅かれ早かれ、デイヴは症状を示し始めただろう。医者へ行っただろう。検査があっただろう。検査によって、説明のつかない何かが明らかになっただろう。大混乱が起こっただろう。

〈疾病《しっぺい》予防管理センターへの連絡。世界保健機関との協議。質問、質問、また質問〉

質問を好まない人々になされる質問。

〈こいつは伝染するんだ。実に伝染性が高いんだ〉

バーニーのオフィスにいるとき、デイヴはみずからの手でコーヒーを注いだ。バーニーが同じカップで飲んだ。それから、自殺した。「バーニー・レヴィーが責める相手は、バーニー・レヴィーしかいない。これはしゃれたジョークだ、デイヴィ。これでおあいこだ……」

〈バーニーはカップをいっしょに持ってった。四十五階下まで〉

デイヴがどのような病原菌に感染しているにせよ、それは、バーニーが耐えるよりも自殺するほうを選ぶほど悪質なものだ。それに、デイヴがビルから逃げ出したと思ったウズラは、こう言っていた。

「われわれはみんな死ぬ」

〈マージ〉

だから、連中は、膣《ちつ》の塗抹標本と血液サンプルを取ったのだ。勘ぐったのだ。ひょっとしてデイヴが……。

〈キスもしなかったのにな〉

あの猿からどのような病気を移されたにしろ、それは、単なる危険な病気以上のものだ。

〈治癒可能なものだと思うかい？〉

もし治療薬があるとしたら、彼らはなぜ、あっさりと渡してくれないのだろう？

〈おまえさんを殺して、一件落着としたほうが簡単だからさ。何しろ、密告者だものな。薬を渡されたと仮定してみろ。おまえさん、おとなしく感謝の言葉を述べて、おしゃべりな口を閉じ続けるか？　それとも、事を公にするか？　もしおまえさんが、食えない札付きのおまえさんが連中の立場だったら、そんな危険を冒すか？〉

六千キロ以上離れた電話線の向こうで、マンバ・ジャック・クロイターが尋ねた。

「自分の置かれた状況がもうわかったのか、坊主？」

「かなりわかりましたよ、ジャック」

「俺に話してみてえか？」

デイヴは長いため息をついた。「ありがとう、ジャック。でも、話さないほうがいいでしょう」

「おめえさんの言いてえことはわかってるつもりだ。こっちでの知り合いのドイツ人牧師が、それにぴったりの言葉を教えてくれた。くだらねえ言葉だ。〝終末論〟ってやつよ。それについて、俺たちはしゃべくってたのさ。現世の終わりについて。だが、もし俺にできることがあれば……」

「もう十分やってもらいました。知りたいことは全部話してもらいました。感謝しています」

「どうってことねえよ。なあ、もし今度のトラブルを切り抜けられたら、電話をくれ。俺たちは友だちだったんだし、これからもそうあるべきだ」

「できたら、そうします、ジャック」

「おい、坊主、俺は心からそうなることを願ってるぞ」

「わかりました。じゃあ、ジャック、行かなければなりません」

「結構。だが、言っておくが、おめえさん、ベトナムでの出来事は忘れるんだ。大昔のことをくよくよ考えたってしかたねえ」

「ええ、ジャック」

「それから、気合を入れてけ、いいな？」

「そうします」

「サヨナラ、坊主」

「サヨナラ、ジャック」

3

生物兵器。音を立てず、目に見えず、人を死に至らしめる。悪夢かスティーヴン・キングの小説向きの材料。それは、ひとりの敵を殺すために使うような武器ではないし、敵の連隊を全滅させるために使う武器でもない。敵の全軍を壊滅させるためにさえ、それを使ったりはしない。その種の武器の使用目的はただひとつ——国民を皆殺しにするためだ。

今、それが、デイヴの体のなかで野放しになっている。

そして、デイヴは、ニューヨークで野放しになっている。

ランサムがデイヴを有害な男だと思うのも、無理はない。

〈そうだものな！〉

デイヴは逃げなければならない。ビル内にいることは、彼らに知られていない。ランサムは部下に、階段とエレベーターに近づかないよう命じた。ロビーを受け持つムクドリという呼び名の男は、デイヴをアメリカン・インターダイン・ワールドワイド社でコンピューターを扱うゲイの社員だと思っている。あの男の前を通り過ぎることは可能だ。

脱出すれば、安全を手に入れられる。ひとたび街に出たら……

……どこへでも、好きなところへ逃げられる。むずかしくはないだろう。タクシーをつかまえ、ハドソン川を越えてニュージャージーへ行くよう運転手に伝える。ニューアークの駅がいちばんいいだろう。そこからアムトラックの急行に乗って、フィラデルフィアかワシントンへ向かう。それから、飛行機に乗る。盗んだ金で、世界のどこへでも飛んでいける。

身を隠したら、何本か電話をしたくなるだろう。医学の権威に。新聞社に。もしかすると、ひとりかふたりの議員にも。

もし、彼らからのもらいものに対する治療法があれば、マスコミはそれを施すよう彼らに迫るだろう。そして、もし、なければ……それはまあ、そのときに考えよう。

デイヴは逃げなければならない。ここにとどまる理由はない。戦場に踏み込む理由はもっとない。いや、ひとつは理由があるかもしれない。

〈マージ〉

ふたつかもしれない。

〈ランサム。借りを返す頃合だぜ〉

4

午前三時三十六分。東の空に曙光《しょこう》が射すまでに一時間半、日の出までに三時間ある。デイヴは最後にもう一度、空をじっと眺めた。水平線の間近では、空は薄いビールのような淡色になっていて、星はたくさんの街灯の靄《もや》によって消されている。もっと高い位置になると、明るい星だけがいくつか、街を覆う埃の層を突き抜けて輝いている。しかし、頭の真上では、夜は完全に黒く、星は鋭く鮮明な光を放っていた。ペルセウス座はアンドロメダ座を助けるべく、永遠の追跡をしており、オリオン座は年がら年じゅう大熊座に忍び寄ろうとし、プレアデス星団は明るい青のベールの向こうで踊っている。

夜空のなんと美しいことか。電気の明かりのせいで都会人がこのすばらしさを目にできないのは、なんと悲しいことか。最後に星を見たのは、ほんとうに見たのは、いつのことだろう？　遠い昔……シエラネヴァダ山脈で、星の天蓋の下でキャンプを張り、タフィーは酔っ払っていびきをかいていて、デイヴは眠らずに、畏敬の念をいだきながら空を見上げ……。

〈哲学的な気分になりかけてるな〉

デイヴはため息をついた。まあ、少なくとも空は晴れている。予報では、激しい雷雨になるとのことだった。レンタカーのラジオで天気予報を聞いたのだ。しかし、嵐は来なかった——少なくとも、今のところは。

〈小さな恩恵を神に感謝〉

デイヴを取り囲む都会は、ひっそりとしていた。遠く、バッテリー・パークの南、湾の向こうに、ヴェラザノ橋の明かりが見えた。突然、その橋を一度も渡ったことがないという思いが、頭に浮かんだ。ニューヨークの街に二十年以上住んでいながら、スタテン島に足を踏み入れたことがなかった。不思議なことだ——島は街の一部なのに。そこには人が住んでいる。レストランがあり、劇場があり、たぶん美術館もひとつかふたつある。なのに、そこへ行ったことはなかった。行こうという考えが脳裏をかすめたこともなかった。今、こんなときにこんな場所で、デイヴはそこがどんなところなのかと思っている。

〈死を前にして人が思い浮かべるのは、妙なことなんだな〉

もうひとつ不思議なのは、長年センテレックス社に勤めていながら、このビルの屋上にのぼった経験がないことだった。ほかのビルの屋上にならば、ある。デイヴのアパートメントの屋上にはルーフガーデンがあり、夏の日曜の朝、デイヴはそこへ行って《ニューヨーク・タイムズ》を読む。ヘレンはかつて、自分たちの結婚披露宴を別のビルの屋上で開く手筈を整えた。街の中心部にあるビルだった。そのビルの位置がわかっていれば、デイヴは自分の立っているところからそこを見ることができるだろう。ほかにも、のぼったことのある屋上はある。ただ、この屋上ははじめてだった。

ごちゃごちゃした屋上だった。真ん中は、このビルの空調システム、巨大な灰色の機械に占められていた。こんな時間でも、夜間用の低いパワーにセットされて、やかましい音を出している。ほかの場所には、立て管、スプリンクラー用の貯水塔、さまざまなダクト、そして、もちろん、非常階段の最終地点であるコンクリート小屋があった。

〈後世の人たちは、あのコンクリート小屋を〝エリオットの最後の砦〟と呼ぶだろうよ。もしかすると、看板を付けるかもしれないぞ。カスター将軍と同じように〉

屋上の縁を、金属の手すりが二重に取り囲んでいた。手すりは頑丈で、しっかりと据えられている。その強度を二度確認してから、使う決心をつけた。

手すりから身を乗り出して、下を見る。通りまでずいぶん距離があった。アスファルトの一部が、ほかの部分よりも黒い。

バーニー。

あのことは考えたくなかった。これからすることもあって、考えたくなかった。それに、この件を終わらせる時が来ていた。

同軸ケーブルを引っ張る。何時間か前にデイヴの命を救ってくれたのと同じ種類のケーブルだ。それが八十メートル巻かれたスプールを、ある電話室で見つけたのだった。ケーブルは丈夫で、デイヴはそれが自分の体重に楽に耐えられるのを知っていた。残念ながら、ゴムで被覆されているため、登攀《とうはん》用ロープとして使うには、すべりやすく、細すぎる。だが、それしか手に入らなかったので、デイヴはかなりの時間といらだちという犠牲を払って、慎重にケーブルを二重にし、九十センチごとに、大きくしっかりした結び目を作った。結び目が手がかりとなってくれるはずだ。

電話修理人の作業用手袋をはめ、太腿に急ごしらえのハーネスをしっかりと付けて、最後にもう一度ケーブルを確認し、手すりをまたいだ。

内なる声を聞こうと、耳を澄ます。何も聞こえない。デイヴの目に見えない守護天使は、すっかり黙り込んでいた。まるで、彼のもくろんでいることに仰天して、何も言えなくなってしまったかのようだ。

おい、何か言えよ。

〈おまえさんは死のうとしてる〉

だから?

〈俺様を道連れにしようとしてる〉

人生、そんなものさ、相棒。

デイヴはケーブルを振った。まとまっていたケーブルが解けて、下へ落ちる。

出発だ。

ケーブルを握り、屋上の縁の外へそっと足を移動させ、自分の体重でケーブルをぴんと張る。一方の足をもう一方の足の下方に、一方の手をもう一方の手の上方に置いて、一度に結び目をひとつずつという進度で、デイヴィッド・エリオットは地上五十階からの下降を始めた。

この種のことをするのは、二十五年ぶりだった。フォートブラッグで、訓練生たちは、五十メートルの煙突をのぼり、それから懸垂下降で下りる練習をさせられた。デイヴのクラスでは、ふたりがそれを拒否した。もうひとりは、てっぺんへたどり着いたものの、そこで動けなくなってしまった。三人とも学校から追い出された。臆病者にグリーンベレーをかぶらせるわけにはいかない。デイヴはほかのみんなとともに彼らを笑った。

〈今は笑ってられないな〉

ケーブルで作ったハーネスが、太腿に鋭く食い込む。急いで下降しないと、脚の感覚がなくなってしまうだろう。

窓と窓のあいだの外壁には、斑点の入った花崗岩《かこう》が使われていた。デイヴはその外壁に足を置いていた。靴は、ベルトにはさんである。花崗岩はでこぼこで、靴下だけの足に冷たく感じられた。

このビルは、六〇年代初頭に建てられた。風雨と日光と汚染物質に三十年間さらされて、今や石がもろくなりかけている。いくつかの割れ目は、鉛筆が差し込めるぐらい太い。せいぜいあと二、三年で、岩がくずれ始めるだろう。岩のかたまりが、雨のように通りへ降り始めるだろう。同じような状態のビルがニューヨークにはどれだけあるのだろうか、とデイヴは思った。

五十階を通り過ぎる。明かりは消えていた。下り始める前に、明かりの確認をしておくべきだった。夜遅くまで働く人間が窓の外に目をやって、拳銃二挺を腰に差した男が地上五十階にぶら下がっているのを見つけたらまずい。

デイヴは下を見た。四十五階まで、明かりはついていない。安全だ。

〈これが安全だっていうのかい?〉

同軸ケーブルは、ロープの代用としては適当でない。すべりやすいのだ。細いそのケーブルを握っていると、手が痛くなってくる。あまり長く握り続けたら、引きつるかもしれない。それは、まずい。四十七階と四十六階のあいだで、デイヴは、ぐらついていた小石大の花崗岩を蹴ってしまった。六秒後、それは緑色の大きなごみ容器に当たって砕け、まるで迫撃砲の砲弾が炸裂したような音を立てた。ムクドリが、あの、ロビーにいた男が完璧なまぬけでないかぎり、誰かを調べに行かせるはずだ。だが、一日別の面から言えば、ニューヨークには、説明のつかない妙な物音が満ちている。一日じゅう、うなるような音や金属的な音が聞こえ、ときには、爆弾が爆発したような音がする。人々はそれに慣れてしまった。もしかすると、ムクドリは今の音を無視するかもしれない。

〈四十五階が近づいてきたぞ。終点だ——もし、ランサムとその仲間たちがバーニーの部屋にいたら、いろんな意味で終点だ〉

デイヴが下降を始めたのは、屋上の北東の角近くからだった。四十五階の到着場所は、バーニーが壊した窓のちょうど左側になるだろう。

窓は、覆いがされているはずだ。ビルの管理者が断固それを求めるだろうし、警察も同じだろう。雨の天気予報が出ているのだから、両者とも、オフィスが雨に濡れるのを望まないはずだ。唯一わからないのは、覆いに使われているのが帆布か——あるいは、ロビーの割れた窓に使われたような——ベニヤ板かということだった。

〈ロビーの割れた窓——あのせいで、これを思いついたんだろ？　おまえさん、ランサムを突破することはできないと知っていた。やつを迂回しなければならなかった。ああ、同感だよ。この思いつきは、まったく途方もない〉

窓と同じ高さに到達した。窓の覆いは、帆布だ。

デイヴが見積もった必要なケーブルの長さは、まちがっていた。あまった部分が二、三メートル、下でぶらぶらしている。バーニーのオフィスを急いで離れなければならない場合、これは危険かもしれない。

デイヴは石に両足をふんばり、右腕をひねってケーブルを巻きつけた。ひと巻き、ふた巻き、三巻き。ケーブルを握っている左手を離した。ケーブルが肉に切れ込む。顔をゆがめながら、あまった部分をぐるぐる巻きにし、それを結んでから、右腕のケーブルをはずした。

さて、これからがほんとうの危険の始まりだ。内なる声に尋ねる。覚悟はいいか？

〈ケーブルで首輪を作って、事を終わらせたらどうだい？〉

地上四十五階——といっても、落下時間にしてわずか六秒——で、デイヴィッド・エリオットはビルの側面を蹴って離れ、帆布で覆われた窓のほうへ身を放った。弧のいちばん高い位置で、背中を後ろへ傾け、ブランコに乗った子どもみたいに脚を屈伸させる。

覆われた窓から離れると、ふたたび脚を屈伸させ、ふたたびそちらへ向かった。ケーブルがきしむ。引っ張りに対するケーブルの強さが心配になった。

〈今さらそんな心配をしたって、少し遅すぎるんじゃないか？〉

デイヴは振り子のように揺れているのだった。曲線を描いて進みながら、帆布で覆われた窓を通り越した。その先のガラス窓に、もう少しで手が届きそうだ。もう少しだが、十分ではない。振り子が戻っていく。

窓は、アルミニウムのカーテンウォールに据え付けられている。カーテンウォール……。デイヴは大学時代、週に五日、夜の九時間を、アルミニウム成型工場での時給七十五セントのつらい労働に費やし、カーテンウォールを作っていた。もしかすると、このビルを建てた人々は、デイヴが働いていたまさにその工場からカーテンウォールを買ったかもしれない。時期はだいたい合うはずだ。可能性はあるのではないか？

戻りの揺れの頂点に達した。脚を屈伸させ、ふたたび下降し始める。

今度はうまくいくはずだった。カーテンウォールは、花崗岩の外壁から五センチほど出っ張っている。金属に指を引っかけて揺れを止め、体を引き寄せることができるはずだ。そうすれば、窓のなかが見られる。もしランサムが何か驚かせるようなものをバーニーのオフィスに置いているとすれば、それを見られるだろう。

ガラス窓の出っ張った縁が近づいてくる。デイヴは手をのばし、それを指でつかんだ。揺れの方向が逆になった。その力に、指が縁からはずれそうになる。デイヴは歯を食いしばって、指に力を入れた。

〈まったくな。ケーブルを短くしすぎたんだよ〉

うまくいった。体を緊張させて前進し、窓まであと少しとなる。汗で指はすべりやすく。足は花崗岩に足場を求め、細いケーブルは太腿の筋肉に食い込み……。たどり着いた。狭い窓敷居をしっかりとつかんで、窓ガラスに顔を押し付け、バーニーのオフィスを覗く。

明かりがついていた。ランサムがデイヴのために用意したものが、これみよがしに置かれている。そして、確かに、ランサムが最高傑作と呼んだものは、まさにそのとおりのものだった。

デイヴの指がカーテンウォールからはずれた。体が窓から離れる。数秒間、デイヴの体は振り子のように揺れていたが、やがて揺れは収まった。

呆然とした状態で、デイヴィッド・エリオットは、宙に力なくぶら下がっていた。

5

エメラルド・グリーン。

ルビー色の瞳。

宝石のような百足《むかで》。

翡翠《ひすい》のような葉に載っている。

風を切る音が、空から降下してくる。デイヴはその音を知っていた。ソビエト製RPG－7のロケット弾だ。目を閉じる。

ロケット弾が炸裂した。目をあける。葉が揺れている。百足は、砲撃に動じていないようだ。食事を続けている。

誰かが命令を叫んでいる。命令は意味をなしていない。

この百足には毒がある。サバイバル訓練では、どの虫が食べられて、どの虫が食べられないかを教わる。これを食べたら、ひどい腹痛を起こすだろう。

いずれにしても、デイヴの腹は減っていない。

一挺のAK47が、弾倉を空にする。弾丸がやぶのなかを飛ぶ。何発かが近くの木に撃ち込まれた。誰かが叫んでいる。「退却！」クロイターだ。言っていることが、ようやく意味をなした。

相手はベトコンではないし、偵察隊でもない。偵察隊だと言った人間は、何も知らずに言っていたのだ。相手は、北ベトナムの完璧な二個旅団だ。機甲部隊もいれば、砲兵隊もいる。これは、大攻勢の一部なのだ。人員の足りない三個の銃撃部隊としては、関わりを持ちたくない。

「退却！　退却！」

求められているのは、退却ではない。求められているのは、死にもの狂いで逃げることだ。

デイヴのライフルは、ぬかるみのなかに落ちている。それを取ろうと、左手をのばした。握れない。指からこぼれてしまう。おかしい。手がどうかしたようだ。もしかすると、上腕から突き出ている金属と関係があるのかもしれない。それは、線路の犬釘ぐらいの長さがあるが、もっと細くて、ねじれている。一方から入って、反対側から出ているらしい。血はあまり流れていない。

右手を使ってライフル、CAR15をつかみ、それを杖にして立ち上がる。脚が震え、倒れそうになった。

左のほうで、ふたりの人間がやぶのなかをよろよろと歩いている。デイヴには彼らがよく見えない。やっと目の焦点が合った。ラトゥルノーとパスソールト。ニューハンプシャーの田舎町からいっしょに志願した親友同士だ。ラトゥルノーが、歩行に問題のあるパスソールトに手を貸しているらしい。パスソールトの右脚がなくなっている。だから、うまく歩けないのだ。

人工的な閃光に、デイヴは目をくらまされた。ふたたび目が見えるようになったとき、ラトゥルノーとパスソールトは消えていた。ぬかるみにあいた穴と煙が見えるだけだ。

「整列！　退却！」

ばかげている。挽き肉製造機に出くわした人間が、秩序ある退却をしようと整列するわけがない。デイヴは、クロイターの声の方向へよろめきながら歩いた。

カラシニコフAK47の出す音は、非常に特徴的だ。一度聞いたら忘れない。北ベトナム兵の何人かは、四十発のボックス・マガジン付きのタイプ56改造型を持っているようだ。一分間に約三百五十発の速さで撃っている。空中が鉛の弾だらけだ。

スパーキー・ヘンダーソンが、空からの応援を求めて、無線に向かって叫んでいる。クロイターが彼の手から送話器をもぎ取り、自分たちの位置を冷静に知らせる。デイヴはクロイターの足元でつまずいた。

ジャックがデイヴを助け起こす。「衛生兵が必要か？」

「痛みはありません」話に聞いていたとおりだ。痛み出すのは何時間か先だろう。

ジャックとスパーキーとデイヴは走った。

頭上の空が、大海の轟きに満ちている。背後のジャングルが、炎にのみ込まれつつある。神の怒号。空爆が始まっている。

デイヴの頭は今、ほぼはっきりしている。自分がどこにいるのか、何が起こったのか、どこへ向かっているのか、承知している。何時間か前に通過した村の近くに、救援のヘリコプターが来るはずだ。ヘリが着陸できる場所は、そこしかない。予定では、十九時十五分にやってくる。

藪をかき分けて進んだ。美しい緑の葉は、湿っていて重い。からんだつるに足を取られる。デイヴは戦闘から離れたところにいた。戦闘爆撃機の悲鳴のような音は遠く、爆発音はくぐもって聞こえるだけだ。

デイヴは首尾よく、ほかの者たちから離れた。あるいは、ほかの者たちが首尾よく彼から離れたのかもしれない。いずれにしても、この退却は、軍隊のやりかたどおりに、号令一下に行なわれたものではない。これは、潰走だ。誰もが慌てふためいて逃げている。クロイターは怒り狂っているだろう。

これを起こさせたのは、ベトナム側の、不意をついた激しい攻撃だ。敵は、側面から攻撃するのに申し分ない場所で待ち受けていた。皆殺しをねらった待ち伏せ。デイヴたちの偵察隊は、そのど真ん中に入ってしまったのだった。

敵は、アメリカの偵察隊が来るのを知っていた。

デイヴは足を止めて、腕をちらりと見た。痛み出している。大きな傷痕が残るだろうし、筋肉も多少だめになるかもしれない。しばらくのあいだ、戦闘外の任務に就かされることだろう。

シャツのポケットからプラスチックの箱をそっと取り出す。なかには、ウィンストンとガスライターが入っている。口を使ってぎこちなく箱をあけ、一本くわえて、火をつけた。ニコチンがありがたい。

慎重に箱を閉じて、野戦服に戻す。

左のポケットには、レンザティック・コンパスが入っている。左手は使える状態にない。苦労してそれを引っ張り出した。コンパスのふたをあけ、方位を確認して、進路を調整する。目的地まで、もう一時間ほどかかりそうだ。時間はたっぷりある。

ジャングルから水田に出る。村は右手、二百メートルほど先にあった。その方向から、泣き叫ぶ声が聞こえてくる。それがなんなのか、デイヴには想像がつかない。腕時計に目をやる。カムラン湾の駐屯地売店で、十二ドル出して買ったものだ。前の腕時計を撃って粉々にしたため、十二ドルの余分な出費となった。この腕時計も粉々にしたい気分だ。十八時三十分。ヘリが着陸地点に来るまでに、あと四十五分ある。

泣き叫ぶ声は、遠吠えのように高くなったり低くなったりする。何が起こっているのだろう？　誰かが牛を屠ったのかもしれない。デイヴはのろのろと水田を歩き始め、村へ向かった。

この場所に出たのは、南からだった。叫び声や悲鳴は、北の端から聞こえてくる。デイヴはライフルを肩に掛けていた。左腕を怪我しているので、どうせそれを使うことはできない。ホルスターから拳銃を抜く。制式採用されている四五口径アーミーモデル１９１１Ａ。

家々の前をそっと通り過ぎる。最後の家の角から、すこぶる慎重に向こう側を覗いた。目と鼻の先に、広場とは名ばかりの場所がある。そこに見えたものを、完全に理解することはできなかった。

背後でささやき声がした。〈よお、相棒。俺がおまえさんだったら、回れ右して、ほかの方向に行くね〉

デイヴは後ろを向いた。誰もいない。

頭を振った。ショックを受けたからにちがいない。空耳だ。

向きを戻して、村の広場を見る。

目にしたものを、いまだによく理解できなかった。疲労。混乱。まだ外に形を表わしていない、戦闘の震え。ふたたび首を振って、頭をはっきりさせようとする。

マリンズ曹長が、五人ほどの兵とともにそこにいた。クロイターと配下の本隊は、まだやってきていない。

一瞬デイヴは、本隊には今何人いるのだろうかと考えた。何人の死傷者を後方へ戻しただろう？

さらに目を凝らす。村人たちが土手のそばに集められていた。アメリカ兵ふたりがライフルを村人たちに向け、動きを封じている。封じられているのは、村人たちだけではない。十二、三人のアメリカ兵もいっしょだ。彼らは武器を持たず、両手を上げている。

変だ。

マリンズが何かしていた。デイヴに背を向け、地面にひざまずいている。三人の兵がいっしょで、ふたりは四つん這いになり、ひとりは立っている。

マリンズは腕を前後に動かしている。村人たちは泣きわめいている。

マリンズが立ち上がった。両手で何かを持ち、村人たちのほうへ歩いていく。

土手の真ん前の地面に、棒が数本立っていた。そのうちの何本かは、先端がとがっている。ほかのは、とがっていないように見える。かわりに、何かが載っている。

いや、載っているのではない。〝載っている〟という言葉は、まちがいだ。正しい言葉は、〝刺さっている〟だ。

マリンズが、また別の女の頭を棒に刺した。

6

尖った杭も、それを打ち込む柔らかな土もないため、ランサムは三脚を使った。バーニーがクロゼットにしまっておいた三脚だ。

ナイフの使いかたも、外科医並みにそつがなく、マリンズ曹長とご自慢の軍用ナイフによる、肉屋のやっつけ仕事並みの乱雑さからはほど遠い。全体的にランサムはすっきりときれいにやっており、高度な技術を持つプロの名を裏切らない仕事だった。言うまでもなく、それはドアに向けてあった。そうすることで、最大限の効果を引き出せるのだ。まぶたを縫って開かせさえしているかもしれない。

目を開いたマージ・コーエン。それは、感動的だろう。

それは、きっとデイヴに悲鳴をあげさせただろう。

7

デイヴが悲鳴をあげる。

マリンズが振り向いた。いっしょにいた兵が地面に身を伏せる。デイヴはマリンズの胸に拳銃を向けた。マリンズがこちらへ歩いてくる。デイヴは曹長に向かって何か叫ぶが、自分でも何を言っているのかわからない。マリンズが、デイヴの拳銃めがけて前進する。デイヴは引金を引いた。薬室が空だ。左腕をやられていて、遊底を動かせない。デイヴは何か叫んだ。何を叫んだのか、自分でもわからない。言葉にさえなっていなかったかもしれない。

マリンズがデイヴから拳銃を取り上げ、彼の顔に平手打ちを食らわせる。「だまれ！ うるさいんだよ、大学出のぼんぼんのくせに！」

ふたりの兵がデイヴを取り押さえ、地面に投げ倒した。マリンズがナイフ片手に、デイヴを見下ろす。「このふぬけめ、俺を撃とうとしたな！ そうだろ、学士さんよ？ そうなんだろ？ 自分の仲間を撃ち殺そうなんて、なめたまねするじゃねえか！」

マリンズは極度に興奮した動物のように見えた。唇はめくれ、震えている。目はまばたきするたびに、焦点が合ったりはずれたりする。口から、唾が飛び散る。

マリンズがしゃがむ。ナイフの先端をデイヴの首に当てて、「俺たちの目的はな、このへなちょこ野郎、くそみたいな敵を殺すことだ！ ひとり残らずな。くそみたいな敵を助けるくそみたいな連中も、ひとり残らず殺す。くそ野郎を殺し、くそ女を殺し、くそガキを殺せば、ひとり残らず死んじまって、そいつら以外の全員が幸せになる。誰もそいつらのことは気にしねえし、俺たちゃみんな国に帰れる。こいつが目的なんだよ、どあほ。いいか、よおく覚えとけ。そして、二度とくそ拳銃を俺に向けるな」向きを変えて、怒鳴る。「この腰抜けを、ほかの腰抜け連中のところへ連れてけ。猿どもを始末したら、あいつらに取りかかる」

マリンズたちが、泣いている村人たちのなかから、ひとりの女を引っ張り出した。マリンズが意地の悪い視線をデイヴに送る。「俺たちがここでやってるのは、実地教育ってやつよ。そうさ、実地教育なんだよ」

彼らは女を倒し、押さえ込んだ。女はじっと動かず横たわり、マリンズがその首にナイフを突き立てる。血液が鶏の尾の形を描いて一メートル以上噴き上がり、三メートルほど離れたぬかるみに降り注ぐ。マリンズが女の髪の毛をつかんで、切った首を村人たちに見せる。狼の遠吠えみたいな声でわめき、その目には、まったく救いようのない狂気が宿っていた。「やつらに言え」通訳に向かって叫ぶ。「敵に協力する者はこうなるんだと言え！　こうなることを覚悟しろと言ってやれ！　アメリカをばかにするなと、アメリカ軍をばかにするなと、そしてとりわけ、マイケル・Ｊ・マリンズ曹長をばかにするなと言え」

通訳が早口のフランス語でなにやら言う。マリンズがわめく。「次のを連れてこい」兵士たちが女のウェストを押さえた。女は悲鳴をあげ、足を蹴り出した。なんとか身を振りほどいて、群衆のなかへ飛び込む。デイヴにはわけがわからなかったが、女は彼にすがりつき、ひざまずくと、彼の膝に両腕を巻きつけた。女の目には、きらきらした大粒の涙。デイヴは少しフランス語がしゃべれるものの、彼女の言葉は理解できない。

兵士たちが女を連れ戻しにくる。デイヴは怒りに青ざめた。大声で怒鳴る。「マリンズ、おまえは絞首刑だ！　聞こえるか？　この件で、絞首刑にしてやる！」

マリンズがデイヴに目を向ける。単なる好奇心から。あるいは、外見上はそのように見えた。その視線は揺るがない。声は落ち着き払っていて、思慮深く、それゆえに、興奮した叫び声よりもずっと恐ろしい。「俺をちくるのか？　裏切るのか？　そうするんだろうな、学士さんよ」仲間に命じる。「大佐のお気に入りを、ここへ連れてこい」

仲間のひとりが、デイヴの怪我をしている左腕を背中へねじった。デイヴは悲鳴をあげ、もう少しで失神しそうになる。マリンズが彼を弱虫と呼ぶ。

兵士たちはデイヴをうつ伏せに倒した。マリンズがその横にひざまずき、デイヴの体をひっくり返して、ナイフの刃をデイヴの野戦服のシャツでふく。さびのような汚れが付いた。そこへ、マンバ・ジャック・クロイターの声が響き渡る。「動くな！

そいつを中止して、動くな、野郎ども！」

マリンズが立ち上がる。仲間たちが、わきへどく。デイヴは上体を起こし、膝をついた。

ジャックの姿があった。二十人かそこらの兵士が、彼の背後にいた。兵士たちはライフルを構えている。ジャックは腰だめの構えだ。ジャックの目は大きく開いている。土手のそばに立つ村人たちを、そのなかに混じって、まだ両手を上げたままの兵士たちを、首なしの死体を、杭を、その上の切断された首を見る。「ああ、なんてこった」と、つぶやく。「このむごたらしい光景は、なんだ?」

ジャックのなまりがなくなっていることに、デイヴは気づいた。もう、東テキサスの貧乏白人の話しかたではない。

「マリンズ、ああ、マリンズ、悪魔のようなやつ……」クロイターの声が小さくなり、沈黙が落ちる。マリンズはただ彼を見ている。その目は無邪気で、子どものようだ。

ジャックは殺戮現場に目をやり、首を振った。しわがれ声で言う。「なぜだ？　おい、なぜなんだ?」マリンズがにやりとする。「意思を表示しなければならなかった」

マリンズの仲間のひとりが、同じ言葉をくり返す。「そう。意思の表示だ。誰も俺たちを有罪にはできない」

ジャック・クロイターの目から、光と生気が消えた。たった今しゃべったばかりの男にライフルを向け、発射する。銃はフルオートマチックにセットされており、的はまっぷたつに裂かれた。クロイターのすぐ後ろの兵士が上体を傾け、尋ねる。「大佐？」

クロイターがうなずく。兵士は、マリンズのすぐそばに立つ男を撃ち殺した。死体に歩み寄り、装塡してある弾丸すべてをその顔に撃ち込む。

クロイターと来た別の兵士が、発砲した。そして、また別の兵士も……。

マリンズに手を貸していた仲間は六人いた。ひとりは、クロイターが殺した。残りは、クロイターに同行した兵士五人が殺した。あっという間の出来事だった。

マリンズはまだ殺されておらず、嘲笑を浮かべている。胸をふくらませ、直立不動の姿勢をとっている。

クロイターはライフルを手から放した。四五口径の自動拳銃をホルスターから抜き、すばやく三歩、前進する。マリンズが大佐に唾を吐きかける。クロイターはマリンズの顎を拳銃で殴り、それから、彼の右のこめかみに銃口を当てた。

デイヴはすっくと立った。「ジャック！」

クロイターが目を動かして、恐ろしいほど冷たく、感情の抜けた視線をデイヴへ向ける。「なんだ?」とだけ、言う。

デイヴは視線を合わせられない。ジャックをまともに見ることができない。「なんでもありません」と、つぶやく。

テネシー州ハミルトン出身のマイケル・J・マリンズが、がなる。「女は引っ込んでな」

ジャックが視線をデイヴからマリンズに戻す。マリンズの顔の大部分が消えた。

デイヴは遠くに、ヘリコプターの回転翼のたてる音を聞いた。空からの救助が、少し早くやってきたのだ。空からの救助は、来るのが少し遅すぎた。

五〇丁目通りの上にぶら下がりながら、デイヴはあの日の記憶をよみがえらせ、今一度、自分自身が彼らを、マリンズたち全員を殺しただろうという真実に直面していた。そうできなかったのは偶然であり、事故だった。もし左腕を動かせたら、もし四五口径の薬室に弾丸を送り込めたら、やっていたはずだ。それを望んでいたのだから。自分はそれをしたことに満足して、後悔はしなかっただろう。

それとも、後悔しただろうか?

偶然と混沌と運命の女神エリスが、その答えを知るための機会をもう一度与えてくれた。

第十章　終末論

頭は、ひとつを除いてすべてが、死体公示所から直接来ていた。死んで間もないように見えるものもあれば、そうでないものもある。もちろん、全部女性の頭部だ。遠い昔、遠く離れた土地で、マイケル・J・マリンズが使ったのと同じ……。ランサムやマリンズのような者は、〝意思表示〟の必要性を感じると、かならず女性を使うのだ。

若い娘が何人か混じっていて、そのうちのひとりはほんのティーンエイジャーだった。歳上の者たちも、あの村長の妻ほどの歳ではない。ほとんどの女性は、中年期のはじめといったところ。もっと長生きしていい年齢だ。

この女性たちはどうして死んだのだろう？　デイヴにはわからなかった。想像してみる気もなかった。彼女たちはみんな、完全にあの世の人間だ。

マージ・コーエンを除いて。マージの打ち傷のある灰色の肌――生気を示す赤みはなく、パテのような色――は、まだかすかなぬくもりを残しているかもしれない。

そのぬくもりを、マージの放つ最後の熱を感じ取るため、彼女の頰に指で触れるべきかもしれない、とデイヴは思った。だが、彼の指は冷たかった。非常に冷たかった。触れることはできない。マージのそばへ行って、見ることすら……。

宙にぶら下がったまま、デイヴは一瞬、ランサムがヘレンやアニーの首、さらには十四階のかわいそうな近視の受付嬢の首までも飾ったのではないかと思った。

しかし、そんなことはなかった。マージを除いて、みんな見知らぬ女性だった。

そして、ランサムはずっと正しかった――デイヴよりも、デイヴ自身についてよく知っていた。まさにランサムが計画したとおり、生首の光景はデイヴを麻痺《まひ》させた。もしオフィスのドアから部屋に入ったら、デイヴはその場に立ちすくんだはずだ。ランサムの部下たちの手に掛かるまで、立ちすくんでいたはずだ。

ランサムの計画は、よくできている。それがうまくいかなかったと知ったら、ランサムはがっかりするだろう。

ひどくがっかりするだろう。

バーニーの、ロックイヤー研究所関係のファイルフォルダーには、青いラベルが付いている。それは、デイヴの記憶どおりの場所、センテレックス社の各部門用の透明ラベルのすぐ後ろ、事業計画及び予測用のオレンジ色ラベルのすぐ前にあった。

ロックイヤー研究所のファイルは、しかし、数時間前より薄くなっていた。なかには、紙が一枚きり。バーニーの個人用便箋に、短い手紙が書きなぐられている。「エリオットさん、ここまでたどり着けはしないだろう。もしたどり着けたらあんたは俺が思ってるより賢い《smartter》ってことだ。もしほんとに賢かったら今すぐ降参するだろうが。J・R」

デイヴはバーニーのモンブランの万年筆を使って、ランサムのイニシャルの下に返事を書いた。「J・R、無教養をさらしたぞ。〝より賢い《smarter》〟のtはひとつだ。ところで、もしきみがほんとうに賢かったら、今すぐ降参するだろうな（句読点の打ち方も勉強したほうがいい）。D・P・E」

デイヴはフォルダーをバーニーの机の上に開いたままにした。デイヴのメモ書きをランサムが見ることはないだろうが、もし見たら、機嫌を損ねるはずだ。けちな復讐だけれど、それでも満足感は得られる。

バーニーのオフィスには、目新しいもの、何時間か前にはなかったものがあった。小さな灰色の箱で、ドアの上に取り付けられている。接触型の感知器らしい、とデイヴは推測した。それに、おそらく無線方式だろう。もしそうなら、利用することができる。

オフィスの中心に目を向けないようにして、デイヴはバーニーのクロゼットへ行き、バーニーがそこにため込んでいた品々を調べた。イーゼル・パッド、カラーマーカー、画鋲、そして……そう、これだ……。「スコッチ3M#665ダブルコート・テープ。メモ、写真、サンプル、布を、すばやく、きれいに貼り付けます。すぐ使える！　瞬間接着で、乾燥時間不要。一巻1・3センチ×3300センチ」

三十三メートル。ふた箱必要だろう。

オフィスのドアの上に取り付けられた灰色の箱を観察した。ほとんど目につかないワイヤーが箱から出て、ドアとドア枠のすきまへのびている。ワイヤーは、ドアにくっつけられているのだろう。ドアがあくと、ワイヤーがはずれて、無音の信号が出る。単純な報知器だ。安価で、簡単。獲物が罠に落ちたら、ハンターに確実に知らせがいく。

獲物がすでに罠のなかにいて、外に出ようと計画している場合は別だが。

そっと、優しく、デイヴははずれやすいワイヤーにテープを巻いた。ひと巻き、ふた巻き、三巻き。まちがいのないよう、しっかりと巻き付ける。

それから、慎重にテープをのばしながらあとずさりして、割れた窓へと歩いた。窓から手を出し、手作りのハーネスをつかむ。ほんの一瞬、振り返ろうかと思った。したいことがふたつあるのだ。ひとつは、投げキスを……。

〈よせよ、相棒。芝居がかったふるまいをするのは、とうの昔に卒業しただろ〉

もうひとつ、したいと思うことがあった。

センテレックス社の役員用会議室は、薄い色のオーク材のドア一枚でバーニーのオフィスとつながっている。ランサムはそこに部下を控えさせているはずだし、銃を構えて待機するよう命じているはずだ。

よって、デイヴのしたいと思うもうひとつのこととは、その役員用会議室へ行くことだった。そこに誰がいようと、そいつを殺したかった。時間はかからないし、気分はよくなるだろう。

デイヴは雑念を頭から振り払い、注意深くケーブルを太腿に巻いて、ハーネスの準備を完了させた。振り返らずに、振り返りたいとも思わずに、夜へ飛び出す。

ちょうどそのとき、ランサムの声が無線から聞こえた。「みんな、三時四十五分だ。点呼をとる」

三時四十五分？　たった九分間だった？　そんなことがあるだろうか？　永遠にも

近い時間に感じられたのに。

〈のろい時間〉

「ムクドリです。異状ありません。ミズナギドリ、チドリ、ワタリガラスの全員が持ち場についてます」ロビーにいた、同性愛ぎらいの男が報告する。

〈一階は四人。ちょろいもんだな、相棒〉

「コマドリ、ウズラが報告する。ハイイロガン、カマドドリ、アビ、アオカケス、コンドルは持ち場についている。やつが東の階段をのぼってきたら、わたしの朝飯になってもらうよ」

東の非常階段に通じる廊下に、六人。

「オウムです。コウノトリ、フィンチ、ヘビウ、ノスリ、コンゴウインコ、ムシクイがいっしょです」四十三階の遊軍チームだ。

「ハトが報告します。西側には、モリバト、オカメインコ、ネコマネドリ、シラサギ、ヨタカ、全員そろってます」

四十五階には、少なくとも十二人いる。

「こちら、カワセミですだ。カルフーンとわしと、それから三人の仲間は……」

「待て！」ランサムの声が高くなった。「ハト、そっちに誰がいるか、もう一度言ってくれ」

「了解、コマドリ。モリバト、オカメインコ、ネコマネドリ、シラサギ、ヨタカです」

ランサムの声がこわばる。「それじゃ、五人だ。おまえには、六人つけたはずだぞ。シギはどこだ？」「カワセミといっしょだと思ってました」

カワセミという名の男は、『エーモスとアンディ』のまねをやめた。「いや、彼はそっちのチームのはずだぞ、ハト」

ランサムの言葉が荒くなる。「シギ？　シギ、返事をしろ。どこにいる？」

デイヴはシギの居所を知っていた。十二階でダクトテープを噛んでいるのだ。

ランサムがふたたびシギを呼んだ。やはり返事はない。

「ああ、ちくしょう」ランサムが声を震わせる。「ああ、こんちくしょう」一瞬、デイヴは、ランサムが恐怖に震えているのかと思った。そしてすぐ、相手の声が震えているのは恐ろしさのせいではなく、うれしさのせいだと気づいた。「やつは戻ってきた！　ムクドリの前を通り過ぎたんだ！　やつはここにいる！」

ランサムの副官で、外の世界との連絡係のウズラが、期待を込めてささやく。「どうやら、うまくいきそうだな？」

「そのとおり」ランサムの声を高めていた感情は、消え去った。冷静に命令を出す。「本部に連絡だ。重量級は延期だと伝えてくれ」

重量級？　デイヴは自問した。どういう意味だ？　なぜか、その言葉に、葉巻をくわえたカーティス・ルメイ将軍の遠い記憶が呼び起こされた。ルメイは六〇年代、合衆国空軍の最高司令官だった。今なぜ、突然彼を思い出したのだろう？

「すみません、ボス」その声はカワセミのもので、高くなっていた。「〝重量級〟とおっしゃいましたか？」

ランサムが穏やかに言葉を返す。「その質問はするな、カワセミ。万一の場合に備えたにすぎない」

「本部が、すでに出たと言っている！」ウズラの声は、叫び声に近い。

「ウズラ、彼らに基地へ戻るよう勧告しろ」

「重量級！　なんてこった。よくも、まあ……」

重量級？　カーティス・ルメイ？　それらの言葉は、デイヴにある古い映画を思い起こさせた。あれは、なんという題名……？

「落ち着け」ランサムが打ち解けた調子で言う。「問題があるならな、カワセミ、適当なときに話し合うことにしよう」

カワセミは金切り声をあげていた。「重量級！　あんた、俺をだまくらかしてるな！」

ランサムがため息をつく。「この仕事についたときに、危険は承知してただろ。さあ、落ち着け」

「ああ、くそ、くそ、くそ……」

「おまえを任務からはずす、カワセミ。四十三階のオウムのところへ行け。ハヤブサ、チームを引き継げ」

「ちくしょう、コマドリ！　なんて野郎だ、おまえは……」

「ハヤブサ、頼むからその男の無線を取り上げてくれ」

揉み合う音がした。無線機がガーガー鳴る。誰かが、デイヴの推測ではハヤブサが、うなるように言った。「カワセミを死傷者リストに載せました、コマドリ」

ランサムが、氷のようになめらかで冷たい声で言う。「残りの者は聞け。この……この、カワセミを当惑させたちょっとした問題に関しては、いかなる決定も、いいか、いかなる最終決定もなされてなかった。しかしながら、不測の事態に対するなんらかの手段が準備されてたことは、おまえたちも認めるところだと思う。この状況の重大性について過小評価してた者も、今ではより正しい把握ができただろう」

ルメイ将軍は、あの古い映画に登場した人物のモデルだった。ジョージ・C・スコットが、彼の役を演じた。あの映画はなんという題名だったか？　ピーター・セラーズも出演していた。そう、そう。『博士の異常な愛情』だ。

「いずれにしても、かわりの対策がとられるのは、標的がこのビルに戻ってこなかった場合だけだった」

デイヴは壁に足をつっぱらせた。もしかすると、屋上に戻るのは、逃げるのに最善の方法ではないかもしれない。報知器を作動させ、ランサムたちがバーニーのオフィスに集まるあいだに階段を駆け下りるのは、最善の解決法ではないかもしれない。もっと適した方法があるのかもしれない。

パチッという音と息を吸う音が、デイヴの耳に届いた。ランサムがまた煙草に火をつけたのだ。

「諸君、機密保護の必要性が……その、おまえたちの何人かに、なぜエリオットさんを追ってるのか、それに、なぜ通常とちがった手段をとってるのか尋ねられた。これまで俺は、すべての事実を話してはこなかった。今から、それを話そうと思う」

ランサムが煙草を吸い、煙を吐き出す。その音に、デイヴは自分も煙草が吸いたくなった。

〈さあ、吸っちまいなよ〉

　ポケットを探り、ヴァージニアスリムを取り出した。箱をたたいて、一本口にくわえ、マッチを取ろうと手をのばす。そのとき、指から煙草の箱がするっと抜けた。あわててつかもうとする。箱はその手をのがれ、四十五階から通りへと舞い落ちていった。

〈よかったかもな。煙草は命を縮めるんだ〉

「さて、話すとするか。それから、われわれの標的のエリオットさんがシギの無線機を持ってることは疑問の余地がないから、彼に向けても話す。いいか、みんな。いいか、エリオットさん。よく聞くんだ」

　デイヴは肺を煙で満たした。ランサムはまちがいを犯している。行動すべきときに、話をしている。部下たちの注意を任務からそらさせている。彼らはランサムの言葉に夢中になって、よもやデイヴが……

「どうやら、われらがエリオットさんは、病原菌に感染してるようなのだよ。普通の病原菌じゃない。とんでもない。それどころか、かなり特別なやつだ。病原菌は、研究所の連中が〝三つの態を持つ〟と呼んでるもので、つまりは、非常に突然変異を起こしやすい。変化するんだ、三つの完全に別個の態に。いも虫がさなぎになり、さなぎが蝶になるように、エリオットさんの病原菌はひとつのものから別のもの、まったくちがうものに変わり、それから、三つめのすっかりちがうものに変わる」

……行動中とは考えてもいない。

デイヴは煙草を捨て、脚を屈伸させて揺れを作り、弧を描いてバーニーのオフィスの窓へ戻った。

自分が何をするつもりか知っていた。ランサムが部下をどこに配置したのか、正確に知っていた——知っているはずだった。もし、彼らがしかるべき場所にちゃんと配備されているのなら、デイヴは彼らを制圧することができる。

運がよければ、誰も殺さずにすむかもしれない。つまり、ランサムを除いて、誰も。

「あるいは、蛙《かえる》の卵がおたまじゃくしになり、おたまじゃくしが蛙になるように、三つの完全に別なものに、それぞれが独自の行動特性を持つものに変化する。気の毒なエリオットさんの病原菌もしかり」

デイヴはハーネスをはずし、窓をそっと抜けてオフィスに戻った。ベルトの下から拳銃を一挺抜いて、挿弾子《そうだんし》を取り出す。いっぱいだ。遊底を後ろに引いた。弾丸が一発飛び出た。それを床から拾い上げ、薬室へ戻す。挿弾子をふたたびはめ、安全装置をはずしてから、セレクターをフルオートマチックに合わせた。

会議室には、少なくともふたりいる。もっといるかもしれない。ランサムの点呼は、カワセミのところまでだった。計二十八人。そのうちの四人はロビーにいて、七人は四十三階で控えている。カワセミは使いものにならない。すると残りは十六人、それにランサム。デイヴは、うまい伏兵の配置を考えてみた。もし自分が指揮官だったら、兵をどう配置すればいいかはわかっている。そして、もしランサムが同じように配置したならば、部屋にいるのは……

「はじめのうち、この病原菌は無害なかわいいやつだ。やつの唯一の目立つ特性は、やつが霊長類を非常にあがめるってことだ。猿、チンパンジー、ゴリラ、オランウータン、そんなところかな。それに、人間だ。霊長類だけなんだよ、諸君。われらが病原菌は、エリオットさんの病原菌は、好みがうるさい病原菌でな、そのほかの種《しゅ》を宿主として受け入れない」

……三人。全員がドアに背を向けている。ランサムの話に全神経を集中させているため、ドアがあく音にも、閉まる音にも気づかない。

デイヴは拳銃を両手で握るコンバット・スタイルをとり、じわじわと前進した。男たちは普通の歩兵、シギと同様、使い捨ての兵隊で、ランサムとは水準がまったくちがった。ランサムのようなハイテク兵器を持ってさえいない。ふたりはフィンランド製ジャティマティック、軽量の九ミリ・サブマシンガンに、四十発の弾倉と市販の消音装置を付けたものを持っている。デイヴは不満に顔をしかめた。四十発の弾倉とは、素人くさい。弾倉の重みで、銃口が下がってしまうのだ。訓練を受けたプロならば、そんなことは知っている。プロならば、二十発の弾倉しか使わない。

三人めの男は、ワーベル・サイオニクスの消音器付きイングラムMACを持っていた。デイヴの時代には最先端の武器だったが、今では興味深い骨董品にすぎない。このあわれなまぬけは、会議用テーブルにその銃を置いている。デイヴは左手をのばして……

「言ったように、この病原菌は三つの態を持つ。第一段階ではたいしたことは起こらず、ただ、病原菌は、温かくて居心地がよく、食料がふんだんにある血液の流れに乗る。病原菌はそこが気に入り、住みつくことにする。そして、ひとたび居を構えると、家族を作り始める。大家族をだ。第一段階は、これがすべてだ――子作りが。四十五分ごとに、病原菌は真ん中からふたつに分裂する。一匹だったのが、二匹になる。四十五分後、二匹だったのが、四匹になる。さらに四十五分後。八匹になる。こんな状況が、およそ二十四時間続く。そして第一段階が終わったときはな、諸君、一匹の小さな病原菌が四十億以上の子孫を作ってる。諸君、四十億以上だ」

……マシンピストルを床へ払い落とした。「顔をあげろ」デイヴは静かに言った。「両手もだ」

ひとりが、ジャティマティックを構えて振り向いた。デイヴは拳銃で殴った。男の口から、折れた歯と血の混じった唾が噴き出る。男の体が床に倒れる前に、デイヴはしゃべっていた。「動かなければ、殺さない。人殺しは望まな……」

MACの持ち主だった男——ほんの子ども——が、蒼白になった。恐怖のあまり目を剝いている。口から、言葉と唾がいっしょに飛び出した。「こいつは病気持ちだ。エイズか何か知らないが、俺に近づくな!」よろめきながらドアへ向かう。

デイヴは若者の太ももに銃口を向けた。この若者を殺したくなかった。誰も殺したくなかった。脚を撃てば、若者は倒れ……

「二十四時間たったころ、第二段階が始まる。第二段階は、だいたい七十二時間——三日続く。あんたの病原菌は今、その段階なんだよ、エリオットさん。それは、無害でまったくおとなしい状態から別の状態へ、変化を、進化を、変異を遂げた。いも虫はさなぎとなり、そのさなぎはある特徴を持ってる」

……悲鳴をあげる。悲鳴は、ランサムのほかの部下たちを警戒させる。デイヴには、それに対処する余裕がない。デイヴは銃口の向きを上げ、引金を引くと、不快感に顔をそむけた。三人めの男の銃が床に落ちる音がした。男は両手を上げている。バーニーのピサロの名作の一枚、遠い小道の先のコテージを描いた黒っぽい絵に背中をくっつけている。「どうか俺にさわらないでくれ」男は懇願した。「あんたの望むことはなんでもするから、さわるのだけはやめてくれ！」

デイヴはうなずいた。ポケットに手を突っ込み、ニック・リーの洗面所の戸棚から持ってきた錠剤のびんを取り出す。「わかった。それなら、これを五錠飲むんだ。そこに水差しがある。グラスに水を注いで、薬を流し込め」

若い男の顔に、不安げな表情が見える。デイヴは友好的な笑みを浮かべようとした。うまくいかない。「ただの睡眠薬だよ」

若者が……

「ひとたび変異すると、病原菌は動くようになる。血液の流れから出て、ほかの器官へと移動を始める。感染力を持つんだ。感染から二十四時間後、保菌者――あんたのことだよ、エリオットさん――は、菌をほかの人間へ移せるようになる。だが、体液を通じてだけだ。精液、唾液、尿、血液などをな。エリオットさんがこの病原菌に感染してから三十六時間かそこらたつから、彼は今言ったような、菌を伝染させやすい状態にある。諸君は、きのうの午後三時半、エリオットさんの感染から二十四時間が経過する少し前に、俺が彼の死体の取扱について新しい命令を出したのを覚えてるだろう。その命令の理由が、今よくわかったことと思う」

……首を振って、言った。「あんたのさわったことと思う」

デイヴは説明した。「ラベルを読んでみろ。わたしの処方薬じゃない。その錠剤にさわっちゃいないよ。それに、飲まないのなら……」拳銃を振ってみせる。若者は理解し、びんをあけると、強力な催眠剤をごくんと飲み込んだ。「次はどうすればいい？」と、デイヴに尋ねる。

「後ろの壁のほうを向け」

「あまり強く殴らないでくれ、いいな？」

「努力するよ」デイヴは……

「エリオットさん、これから言うことを聞いてくれ。よく聞くんだ。病原菌は、保菌者と同じグラスを使う人間、保菌者とキスをする人間、保菌者がキスマークを付ける人間、保菌者が性交する人間、保菌者にフェラチオをする人間に伝染する可能性が――いや、伝染するんだ」

……若者の耳の後ろを拳銃で殴った。若者がぎゃっと声をあげ、よろめくが、倒れはしない。デイヴは、今度はもっと強く殴った。

バーニーのオフィスへ通じるドアを振り返って、どの位置に男たちの体を置くべきか、頭のなかに絵を描いた。三人のうちひとりは、本物の死体となっているはずだ。デイヴはそのことに嫌悪を覚えた。殺さずにすむのだったら、たいていのことはしただろう。

死んだ男のわきの下に手を差し込んだ。出血がものすごい。ランサムか彼の部下が会議室を覗いて、床や壁を見たら、何があったのかすぐに知られてしまう。

〈そんな心配をしたって、もう遅いよ〉

会議室の一方の端からもう一方の端へと死体を引きずっていき、ドアのそばに仰向けに置く。ジャティマティックスを一挺、その胸にのせた。それから、ふたりめに取りかかる。

一分もしないうちに男たちを移動させ、まるで……

「もちろん保菌者は、自分が病原菌に感染してることも、そこいらじゅうに菌をまき散らしてることも知らない。自分がまだ健康だと思ってる。なにしろ、病原菌はなんの悪さもしないからな。少なくとも、今のところは。悪さが始まるのは、四日めも遅くなってからだ。それまでに、病原菌はふたたび変異する。さなぎだったものが、蝶になる。空を飛ぶ準備のできあがりだ」

……会議室から飛び出ようとして死んだように見せる。バーニーのドアの報知器が鳴れば、いちばん最初にオフィスに駆けつけるのは、この三人だ。

最後の仕上げに、デイヴはオフィスの真ん中まで歩き、音のしない弾丸を十二発、壁と床に撃ち込んだ。部屋は、撃ち合いの現場のようになった。

時間がなくなりかけていた。ランサム〈やつときたら、自分の声に聞きほれてるぜ！〉は永遠にしゃべっているわけではない。デイヴは、急いで偽装工作を完了させなければならなかった。会議室のドアはふたつ――ひとつは、バーニーのオフィスに通じ、もうひとつは……

「具体的に言うと、第三段階において病原菌は、医者たちが〝空気感染力がある〟と呼ぶものになる。つまり、保菌者は呼吸するだけで菌をまき散らす。息を吐くたびに、六百万の胞子が吐き出される。くり返すぞ、諸君、六百万だ。保菌者は息を吸って、吐く。これを五十回行なうと、合衆国のすべての男、女、それに子どもを感染させるのに十分な病原菌が放たれる。千回行なうと、すべての人間、神の造られた緑の地球の住人をひとり残らず感染させるのに十分な病原菌がばらまかれる」

……ビルの、バーニーのオフィスのある側と受付エリアをつなぐ廊下に通じている。その廊下に面したオフィスは三つしかない――首席財務担当役員マーク・ホワイティングの部屋と、副会長シルヴェスター・ルーカスの部屋と、顧問弁護士ハウイ・ファインの部屋だ。その三つのオフィスすべてに、ランサムは部下を配備しただろう。その部下たちは、会議室の三人と同様、報知器が作動したらまっ先にバーニーのオフィスへ駆けつけるはずだ。

デイヴは身を屈め、ぱっとドアをあけると、廊下へ転がり出た。拳銃で円を描き、敵を探す。

誰もいなかった。当然だろう。

知りたいのは、ランサムの居所だった。彼がバーニーのオフィスの近く——例えば、ホワイティングかルーカスのオフィス——にいるのか、離れたところにいるのか、デイヴにはわからない。どちらにいても、兵法としては正しいと言える。陣頭指揮をとるために近くにいるか、戦況によって軍勢の向きを変えるために遠くにいるか。ランサムはどちらを選ぶだろう?

〈おまえさんなら、どっちを選ぶ?〉

あてずっぽうだ。遠く、にしよう。

ホワイティングのオフィスへそっと近づき、ドアに耳を当てた。無線機から流れるランサムの冷ややかな声だけが、かすかに聞こえる。デイヴは拳銃を構え……

「だが、この話はおおげさに言ってる。問題の病原菌は、ひ弱なやつでな。保菌者の体から吐き出されると、たいして長くは生きてられない。十分か、せいぜい十五分ぐらいだ。そのあいだに新しい宿主を見つけないと、死んじまう」

……脚に力を入れて、肩でドアをあけた。歳のいった黒人が一人、ホワイティングの机の向こうに座っていた。銃はこれまたジャティマティックで、ホワイティングの戸棚に銃尻を上にして立てかけてある。男はデイヴを見ると、目を見開き、両手を上げた。顔の表情が、逆らってもむだだと長い経験から悟ったことを物語っていた。

デイヴは足でそっとドアを閉めた。

男が言う。「旦那、今度のこと、残念に思うよ。俺はたまたま、あいつがレヴィー氏のオフィスでやったことを目にしてしまったが、あれにはまったく関わらなかったし、あれを見て、胸が悪くなった」男の目は悲しげで、少しうるんでいた。口ひげには、白いものが見える。老年期を迎えて、疲れているようだ。

デイヴは尋ねた。「退役軍人か？」

「ああ、そうだ。六六年に徴兵された。良心的兵役拒否者だったから、第五四六医療部隊に行かされたよ。だが、テト攻勢で、部隊が九十三パーセントの死傷者を出した。その後、良心的兵役拒否者をやめた。歩兵として再入隊したんだ。それからずっと正規軍にいた。ほんの二年前、退役した。そのままおとなしくしてるべきだったんだろうな」

デイヴはうなずいた。「そうだな」

「だから、旦那、俺を非戦闘員と見なしてくれるとありがたいんだ」

「それはできない」デイヴはポケットから薬のびんを取り出した。

男の悲しげな顔が、理解したことを、デイヴに与えられる運命に従う覚悟だということを示した。

「びんのふたをあけて、五、六錠出し、水なしで飲むんだ」

黒人は、デイヴが置いたびんを手に取った。ほんとうに悲しそうに言う。「あいつはねじがはずれちまった。首切り。重量級の要請。信じられっかね？　旦那、俺はそれを聞いたとき、もう少しで逃げ出しそうになった。あんたがドアから入ってこなかったら、逃げてただろうよ。それにな、旦那、まだほかにあるんだ。あいつが俺に付けたコード・ネームを知ってるか？　〝カラス〟。そう付けやがった。しかも、この仕事に就いてる黒人は俺ひとり。信じられっかね？」

男のてのひらには、黄色い錠剤が六錠載っていた。それをじっと見て、ため息をつき、無理やり飲み下す。「これ、睡眠薬だろ？　どれぐらいの時間がかかるんだね？」

「長くかかる。速度を速めてやらなければならない」

「後ろを向こうか?」あきらめていて、抵抗しない。

「頼む」

「わかった。だが、今度のことを残念に思ってることは忘れんでくれ。旦那、俺は残念に思ってるし、とっくの昔にここを抜け出せばよかったと思ってる」デイヴは拳銃の銃尻を男の後頭部に振り下ろした。「同感だよ」と、つぶやく。

次は、ルーカスのオフィスだ。はたしてランサムは……

「しかしながら、われらが最初の保菌者エリオットさんは、何が起こってるのかまだ知らないだろう。まだ何も感じてないだろう。いつもとちょっと感じがちがうことと、いつもよりちょっと鋭敏になってることを感じてるだけだ。色がいつもより鮮やかに見え、音がいつもよりよく響いて聞こえ、味覚と嗅覚がいつもより鋭くなる。天然色の夢を見るようになる。新陳代謝の具合によっては、幻覚をひとつかふたつ見さえするかもしれない」

……そのなかにいて、無線機に向かってしゃべくっているのだろうか?　デイヴはそうでないことを願った。ランサムが話を続け、部下たちに真実を語るのを望んだ。なぜならば、いったん真実を知れば、彼らが汗をかき始めるからだ。ひとりかふたり、逃げ出すかもしれない。全員がミスを犯しやすくなるだろう。

ルーカスの部屋のドアを蹴った。

ふたりいた。どちらもランサムではない。

ひとりは立ってドアを見張っており、もうひとりは窓の外を眺めていた。見張りの動きは速かった。ドアが完全に開く前に撃ってくる。

四十発の弾倉の重さを過剰に気にしたせいで、見張りの狙いは高すぎた。弾丸がデイヴの頭の上の漆喰に穴をあける。見張りがどうにかジャティマティックの銃口を下げた。デイヴは膝をついた。見張りの胸に数発撃ち込む。消音装置付き自動拳銃の静かなポン、ポン、ポンという銃声は、それがもたらす結果に比べて穏やかすぎるように思えた。近距離から発射された弾丸によって、見張りの体は宙に持ち上がり、後ろにのけぞって、椅子の向こうに落ちた。返り血がデイヴの目に入る。漆喰の埃がデイヴの鼻に入る。デイヴはさっと廊下に戻り、姿が見えないよう背中を壁にくっつけた。

窓辺にいた男が、廊下へ向けて二度連射してきた。デイヴはシャツの袖で目もとを拭った。ふたたび弾丸が飛んできて、壁をずたずたにする。金属弾が漆喰に穴をあける音のほうが、消音装置付きジャティマティックの銃声よりも大きい。

デイヴは新しい挿弾子を拳銃の握りに入れた。男が無線機を使う前に行動しなければばならない。片方の靴を脱いで、態勢を整えると、その靴をドアのなかへ放った。弾丸の雨が空中でそれを捕える。デイヴは転がって、ドアからなかへ入った。

敵は部屋のすみに陣取っていた。ジャティマティックを肩に当てて、構えている。銃口の向きはドアの左側、床より上だった。デイヴのいる床へ向けて、照準を下げ始める。

デイヴの弾丸が男の脚に命中した。男がうめき声をあげる。男の銃がぐらついた。

「やりやがったな」デイヴは男の胸の真ん中に狙いを定めた。「動くな」

男がデイヴのほうへ銃を向け……

「どうしてこういうことがわかってるのか、諸君はききたいだろう。そうだよ、諸君、おまえたちの思ってるとおりさ。確かにエリオットさんは、この病原菌に感染した最初の人間じゃない。もちろん、ほかのケースはすべて、これよりずっと管理された状況下でのことだ。そうやってわかったんだよ、諸君。そして、そうやって、治療法がないこともわかった」

……デイヴは一発で男を仕留めた。

歯のあいだから息を吐く。こんなことは望んでいなかった。望みは、ランサムだけだった。こんなことをする必要はなかったし、何人も殺す必要も、その他のことをする必要もなかった。ランサムの言葉がそれを証明している。

デイヴはぞっとした。

だが、やめることはできない。今はだめだ。ランサムの手下たちが待ち伏せているかもしれないもうひとつのオフィスが、三つめのオフィスが……

「実を言うと、治療法はひとつだけある。病原菌が最終段階に達する前に、保菌者を、菌に感染した人間を殺せば、病気が広まるのを止められる。そしてだ、諸君、それが唯一の方法なんだ。俺の言ってることがわかるかな、エリオットさん？」

……ハウイ・ファインのオフィスがある。ハウイはセンテレックス社の顧問弁護士だ。ハウイの部屋の戸棚の上には、トーマス・エーキンズの油絵が掛かっている。有名な裁判を描いた絵で、裁判官が席につき、取り乱した証人が証人席に座り、襟に糊をきかせた弁護士が陪審に向かってわめいている。デイヴはその絵を好きになれなかった。法廷と関係があるものは、好きになれたためしがなかった。

ドアを蹴ってあける。部屋は空だった。いや、そうではない。部屋には……。

どうやって……？　なぜ……？

デイヴの脚から力が抜けた。もはや立っていられず、膝をついたが、すっかり力がなくなってしまって、今にも床にばったり倒れそうだった。部屋は完全に空だった。

マリゴールド・フィールズ（マージと呼んで）・コーエンを除いては。パラシュートのひもみたいなナイロンロープで、彼女はハウイ・ファインの大きな革椅子にくくり付けられていた。生きていて、意識があり、口にさるぐつわをかまされ、目を大きく、デイヴが見開いているにちがいないそれに負けないぐらい大きく、開いている。ほんとうに大きく開いている。

マージが何かをこちらに伝えようとした。何を言っているのか、デイヴにはわからなかった。マージの口は、テープで閉じられている。彼女の言葉は、意味不明な音の羅列だった。

デイヴは唾を飲み込んだ。ごくりと。二度。こんなことは不可能だ……彼女は、ほかの女たちは……彼女らの首……ランサムの残酷な展覧会……。マージは死んだはずだった。デイヴはそれを自分の目で見たのだ。

あんぐりと開いた口を通して、何度か大きく息を吸い込む。マージのくぐもった声は、ひもをほどいてくれと頼んでいるらしかった。

なぜだ？　どうしてランサムは……待て。当然だ。明らかなことだ。ランサムは……

「疫病を食い止めるにはそれしか方法がないこと、理解してくれたかな、エリオットさん？　それに、絶対に食い止める必要があるんだ。なぜかって？　なぜなら、ほんとうの症状は、病原菌が第三段階に入って二、三日しないと始まらないからだ。聞いてるか、エリオットさん？　二、三日、息を吸っては吐く。二、三日、呼吸するたびに六百万の死を吐き出す。そうしてようやく、感じ始めるんだ。最初は、熱を。次に、汗を。寒気を、吐き気を、激痛を。七十二時間後、あんたは死ぬ」

……プロだ。代替案を用意するに決まっている。それも、自分が不利になったときのための代替案を。だから、マージを殺さなかった。死んだ彼女は、ランサムの役に立たない。しかし、生きていれば、ランサムが敵に対して使えるもうひとつの武器、最後の武器となりえる。ランサムはマージを生かしておいて、万一デイヴが数々の困難にもかかわらず死の罠を切り抜けた場合に、彼女を引っ張り出せるようにしておかなければならなかった。そして、もしデイヴが逃げようとしていることに気づいたら、そのときにだけ、マージの悲鳴がデイヴを引き留めることを願って、彼女の口に無線機を押し付ける。

おそらく、それはうまくいっただろう。

マージのさらし首がうまくいくはずだったのと同様に。

あの首は……じつによくできていた。称賛したくなるほどの出来栄えだった。ランサムのような優れたプロならではのみごとさだと、デイヴも認めざるをえない。あれは、粘土か、ろうか、ゴム製か、それとも、顔のよく似た死人に化粧を施して、マージのように見せたのだろうか？　デイヴにはわからなかった。関心がなかった。関心があるのは、マージがまだ生きていることだけだ。

マージのことは、そのままの状態にしておくつもりだった。

よろよろと立ち上がる。「すまない、マージ。行かなければならないんだ」

マージが激しく首を振った。前より大きな音が、さるぐつわの下からあふれ出る。口を開けられたら、叫び声になっただろう。

「きみは、わたしがひもをほどいてやるより、ここにいるほうが安全だ。もうすぐ、廊下でやっかいなことが起こる。それにきみが巻き込まれてほしくないんだ」

マージの目が殺意で血走った。動くことができれば、彼女はデイヴの喉笛を裂いてしまいそうだ。

デイヴは彼女を椅子ごとハウイのクロゼットへ押していき、なかに隠した。「でも、戻ってくるよ。約束する。きみのために戻ってくると、約束する。マージ、そんな目で見ないでくれ。ちくしょう。時間がないし、こうするしかないんだ」

デイヴは立ち去った。彼女に許してもらえないことを承知しつつ、廊下へ戻り……

「七十二時間。あんたにあるのは、それだけだ。そして、死ぬ。その七十二時間の大部分、あんたはもっと早く死んでいたかったと思うだろう。それから二、三十日後、すべての人間が死ぬ。あんたの息を吸い込むぐらい近くにいた人間すべてが。そして、あんたがうつした人間たちと接触した人間すべてが。そして、その人間たちと接触した人間すべてが。言い換えれば、世界じゅうの人間すべてだよ、エリオットさん、全世界の人間ひとり残らず」

……やるべきことをやる。二つの死体を必要な位置へ引っ張っていくのには、ほとんど時間がかからなかった。死体を置き終えると、バーニーのオフィスの外の廊下は、さながら戦場だった。銅のにおいのする血がカーペットに血だまりを作り、爆薬の刺激臭が宙に漂い、死人は、たいていの死人の例に漏れず、心地悪そうな姿勢で手足をだらんとさせて転がり、痛々しいほどの驚愕《きょうがく》の表情を浮かべている。死んではいず、気を失っているだけの者たちは、迫力負けしているように見える。

デイヴは足に靴下だけをはいていた。片方の靴は、銃弾にずたずたにされた。もう片方は脱ぎ捨てた。例の黒人の靴が、大きく、はき心地がよさそうに見えた。サイズも合いそうだ。デイヴは物欲しい目で見つめた。

〈よしたほうがいい。誰かに気づかれるかもしれないぞ〉

ごもっとも。

〈そろそろパーティーを始める時間じゃないか？〉

またしても、ごもっとも。

デイヴはジャティマティックを一梃手に取って、弾倉を調べ、革ひもを締めた。それを……

「ありふれた殺人鬼など放っておけ。軍隊も戦争も放っておけ。ヒトラーやスターリン、歴史上のいかれた暴君もみんな放っておけ。そいつらが銃にどれだけたくさん刻み目を付けたとしても、われらがエリオットさんがスコアボードに載せる数字に比べたら、ゼロに等しい。エリオットさんはひとりだけのリーグにいる。その競技に名称はない。まだ名前が付けられてないんだ」

……左肩に掛けた。廊下を小走りに走って、役員用会議室へ戻る。戸口でいったん立ち止まった。

報知器を作動させたあと、デイヴには三つの選択肢がある。階段室へ走るか、バーニーのクロゼットに隠れるか、役員用会議室に身を潜めるか。

クロゼットがいちばんいいと思った。どの階段室よりも速く行き着ける。ランサムの部下たちは、クロゼットを調べようとしないだろう。死体と、あいた窓の外にぶら下がるケーブルを見て、デイヴが屋上へ逃げたと判断するはずだ。

〈そう願いたいね〉

ああ、そう願いたい。

会議室へ身をすべり込ませ、部屋を横切って、これが最後であることを願いながら、バーニー・レヴィーのオフィスへふたたび踏み込んだ。

オフィスの光景は変わっていなかった。ランサムのナイフによる作品が、まだ展示されている。

狂気。完全な精神異常。言語道断にして不必要。関係者が説明さえしてくれればよかったのだ。そうすれば、理解しただろう。うれしくは思わなかっただろうが、逃げもしなかっただろう。ランサムが今しゃべっていることを話してくれたら、協力しただろう。外の世界から隔離された無菌室へ連れていこうと、提案してくれればよかった。あるいは、無人島かどこかほかの安全な場所に置き去りにしてくれればよかった。多少の威厳を持って死なせてくれさえすればよかったのだ。自分は抵抗しなかったはずだ。どうして抵抗などできる？　真実を知ったら、この身を引き渡したはずだ。

だが、実際には、連中はデイヴを凶暴な動物のごとく扱うことにした。われわれは、許可を受けた仕事人、高度な訓練を受けたプロなんだ、エリオットさん。何が最善かは承知している。それに、あんたに真実を話すほど、あんたを信用していない。そんなことを話すほど、他人を信用しないんだ。あんたにうそをつき、あんたの友だちにうそをつき、われわれに金を払ってくれる者たちにうそをつく。それがわれわれのやりかただ、エリオットさん。あんたがまだこのやりかたに慣れていないのなら、今後も慣れることはないだろう。だから、よき市民となって、われわれが伝統的なやりかたで問題を解決するあいだ、面倒を起こさないでくれ。

〈今だって、その身を引き渡すことはできるぞ。ひょっとしたら、ランサムを説き伏せて、マージを解放させることも……〉

遅すぎる。いろいろなことが起こりすぎた。返さなければならない借りがあるし……

「いいか、みんな、いいか、エリオットさん、ここからが肝心なところだ。ひとたび病原菌が変異して第三段階に達すると、そして、ひとたび一般の人々に広がると、それを阻止することはできない。病原菌を阻止する唯一の方法は、病原菌が第三段階に達する前に阻止することだ。すなわち、それを持ってる人間を阻止することだ。だから、遅すぎないうちに、そいつを殺す。もしその過程でほかの人間を殺さなければならないとしても、安い買い物さ。ひょっとして、ニューヨーク市民全員を殺さなければならないとしても、それでも安い買い物だ。その選択がされる可能性は実際にあるんだ、みんな。重量級を落とすのは、合理的な選択なんだ」

……解約しなければならない口座がある。来年、ジョン・ランサムの別名を持つ男の名が電話帳に載ることはない。

デイヴは手を開き、閉じた。テープを見る。それは、報知器から割れた窓へ延びていた。

〈こいつをかたづけてしまおうぜ〉

テープをぐいと引いた。

ランサムはまだしゃべっていた。言葉が、適切な速さより少し速く口から出ている。多くのことをしゃべりすぎたし、しゃべることで事態が悪くなるのを承知していながら、話をやめられないのだ。「おまえたちは、エイズが伝染性を持つと思ってる。ところがな、エイズの感染率は、一年で倍になるだけだ。だが、この……」ランサムがはっと息をのむ。「いたぞ！　ユダヤ野郎のオフィスだ！　行け！　行け、行け、行け！」

デイヴはバーニーのオフィスのドアをあけ、さっと向きを変えると、クロゼットへ駆けた。廊下から、いくつかのドアがバタンと閉まる音と、男たちが走る足音が聞こえてくる。

「コマドリ、こちらオウム……」

「落ち着け。予備及び周辺チームは、持ち場を離れるな」

デイヴはクロゼットに入った。ドアをそっと閉じる。

ランサムたちが廊下に、壁一枚隔てた向こう側にやってきた。彼らの動く音が聞こえる。ひとりがよろめいて、シートロックの壁にぶつかった。別の音がした。ゴボゴボという音と、はね散る音。壁のすぐそばにいる誰かが、デイヴに聞こえるぐらい大きなささやき声で言った。「その役立たずを、吐き終わるまで向こうへやっとけ」

ランサムが、しゃっくりのような音とともに悪態をつく。「ちくしょう！」ののしり声に驚きが交じるのは、彼らしくなかった。

無線機から、オウムの声。「コマドリ、何が起こってるんです？」

「落ち着け。くり返す、落ち着け。あとでこちらから連絡する」

壁の向こうの声が言った。「何人だ？　誰だ？」

別の声が、「ノスリとコンゴウインコとカラスだ」

ランサムはささやき声を使っていなかった。いつもの冷ややかな会話口調でしゃべる。「アビとアオカケスとコンドルが会議室にいた。あいつらもやられてるだろう。

計六人。エリオットさんが俺の神経をさかなでし始めたな」

「まだなかにいるんでしょうか？」

「もちろんだ。ほかにどこへ行く？　廊下に出てきてたら、今ごろ捕まえてる」ランサムの口調が変化する。「あるいは……あるいは……」困惑した声。デイヴは不思議に思った。

「ボス、やるべきでしょうか？」

「やるって、何を？　給料ぶんの仕事をか？　やるべきだろうな。よし、お嬢さんがた、数を数える。銃をロックンロールにセットしろ。そして、もしデイヴィッド・エリオットさんが自分の射程内にいたら、みんなのぶんまで風穴をあけてくれ。よし、一……」

ボルトがカチッという音が、デイヴの耳に届いた。薬室に有効な弾丸が入っているのを知っている男たちが、まちがいのないよう、もう一発送り込んだのだ。めずらしいことではない。デイヴでも、そうしただろう。

「……二……」

彼らは、心臓が胸郭に対して大きすぎるような感覚を味わっていることだろう。痛みさえ感じていることだろう。撃ち合いが始まる前の、アドレナリンの最後の一撃はものすごい。はじめてそれを感じたとき、デイヴは自分が心臓発作を起こしたと思った。

「……三！」

音を消された弾丸の雨は、忍び寄ってきた猫に驚いた鳩の群れが、羽をばたつかせて逃げようとする音とほとんどちがわなかった。

熱い金属が床へ飛んでいく。ガラスが粉々になった。ポップコーンが次々に弾ける音とともに、何かが割れた。すさまじい音を伴って、何かが倒れた。弾丸が壁を、床を、天井をずたずたにする震動を、デイヴは感じた。

バーニーのオフィスで起こっていることを、デイヴは頭に描けた。以前見たことがあるのだ。非武装地帯のちょうど三十キロ北に町がひとつあり、町はずれに、フランスの植民地だったころの農家があって、敵の本部と考えられていた。デイヴたちは、家の一方の壁が崩れるほどたくさんの弾丸をそこに撃ち込んだ。銃撃が終わると、デイヴがいちばんにその家へ入った。室内の家具はひとつ残らず木っ端と化していた。

静かになった。束の間、なんの音もしなかった。それから、ひとりの男が騒ぎ出した。「なんてこった！　ちくしょう！　全部、女だ！　俺はこんな仕事のために――」

「落ち着け」ランサムの声は、デイヴが聞いたことがないほど鋭い。

「吐きそうだ。ここから出してくれ」

「一歩でも動いたら、肉にしてやる」

「おい、くそっ！　あれはコーエンのあまだ。ひでえ！　あんたはどこかいかれて……」

消音装置付きの銃が小さく咳き込む音が、デイヴに聞こえた。何かぐにゃりとしたものがクロゼットにぶつかり、床へすべり落ちる。

ランサムが、静かで穏やかな声でささやく。「俺が落ち着けと言ったら、落ち着けという意味だ。さあ、お嬢さんがた、仕事に戻ろう。今の問題はこの女たちじゃなくて、どうやらまた逃げおおせたらしい標的……」

「ボス、窓が……」

「誰か、会議室をチェック……」

「いえ、ボス、窓が……」

ランサムの声がほかの声をかき消した。「どけ。見せろ……うっ、くそっ。気づかなかったのか？」

彼は窓のところにいる、とデイヴは思った。ランサムがケーブルに気づいたのだ。部下たちがあとを追う。彼らは背中を向けているから、簡単なはずだ。

ランサムが無線機に怒鳴った。「屋上だ！　エリオットはロープを持ってた！　オウム、遊軍チームを上へやれ！　急げ！　急げ！」

オウムが怒鳴り返す。「西の階段室です！　屋上に通じてるのは、それしかありません！」

「行け！」

数秒後、静けさが戻った。デイヴはふうっと息を吐いた。肩の力を抜き、ジャティマティックの銃床を握っていた手をゆるめる。全部で一分もかからなかった。彼らはやってきて、去っていき、その誰ひとりとして、これが計略だと気づかなかった。

死体、血液、弾痕、バーニーの部屋の割れた窓から引きはがされた帆布、外にぶら下がるケーブル――完璧な偽装だ。ランサムはそれにすっかりだまされた。

〈気をつけろ。マンバ・ジャックが自信過剰についてなんて言ってたか、覚えてるか？〉

死体袋の頭金。

〈さっき、ランサムの声がなんか変じゃなかったかな？〉

かもしれない。ほんの一瞬、困惑した声になった。

〈だから？〉

用心に越したことはない。

デイヴはクロゼットのドアまで静かに這っていった。シャツで手をふき、ジャティマティックを握る。銃尻を肩に当てた。

〈四十発入りの弾倉。その重さを考えて使えよ〉

指の先でクロゼットのドアを軽く押す。数ミリ開いた。

デイヴは動きを止めて、聞き耳を立てた。静寂。向こう側に人がいる気配はまったくない。もう一度ドアをそっと押す。

やはり何も聞こえない。

そして、もう一度。そして、ドアを全部あける。

ランサムが撃ち殺した男の体をまたいだ。

バーニーのオフィスは、もぬけの殻《から》だった。

無傷だったほうの窓が、ランサムの部下たちの銃弾で粉々にされ、夜空に飛び散っていた。バーニーの上等なマホガニーのデスクの一部、ドアに最も近い部分は、ぼろぼろだ。デスクの背後の壁には、弾丸に削られた線が五、六本。ワイエスの絵の一枚は、壊されている。あとの二枚は無事だ。バーニーのソファはもはや、布と繊維と木のくずでしかない。戸棚が酔ったように傾いている。ランプは磁器の破片となった。

そして、女たちの首は……。

デイヴは息を深く吸って、吐き気を怒りに変わらせた。バーニーの朝鮮での働きを記念する言葉の彫られた対戦車砲用弾丸が、何者かに盗まれていた。デイヴは、それを盗《と》った男を見つけたら、そいつも殺そうと心に決めた。

今や蝶番《ちょうつがい》のはずれたドアへ腹這いで進み、廊下に転がり出た。ジャティマティックを突き出しながら左へ体を向け、立った人間の腰の高さを狙う。消音装置付きライフルを連射させ、弾の出続けている銃を右へ向けながら体を転がした。

弾丸が壁に食い込む。部屋の外には誰もいなかった。蛍光灯の明かりに照らされた廊下は無人で、涼しかった。地味な壁紙、おとなしいベージュ色のカーペット、抑えた色調の上品な絵画は、いつもと変わらない。そこを汚しているのは、いくつかの弾痕と血まみれの三人の男たちだけだった。

デイヴは左へ一回転し、もう一度回転した。

〈いかすぜ、相棒。ランサムが見たら、あんたに惚れるぞ〉

まったくだ。

〈さて、ここはしまいにしよう〉

ああ。

ジャティマティックの弾倉を抜き、新しいのを差し込んだ。控え銃の姿勢をとって、走り出す。ランサムは西の階段室をのぼっている。ランサムと、一階の四人を除いた部下全員が。

デイヴは東の階段室めざして全速力で走った。今、心は冷静で、自制を保っていた。会議室の三人を始末してからずっとそうだった。昔の落ち着きが戻ってきたのだ。プロのリラックスした平静さが、プロの仕事を成し遂げる。怒りや、恐れや、迷いはなし。あるのは仕事だけ。ひたすら仕事をする。

ドアに到着し、それをあけると、階段を駆け上った。

非常ドアはロックされていた。クレジットカードを差し込む時間はない。弾丸を撃ち込んで、ドアをあけた。

デイヴは走った。ほんの数十秒しか余裕がない。ランサムは今にも屋上へ行き着く。指揮官が絶対してはいけないことに自分が誘い込まれたと彼が気づくのに、長くはからないだろう。出入口がひとつしかない場所に自分の兵隊を集中させるのは、指揮官としてあるまじき行為なのだ。

デイヴは走った。

廊下を走った。右に曲がる。速度を上げた。次の曲がり角が近づいてくる。

勢いあまって、壁にぶつかった。壁からはね返り、ぐらっとよろめいてから、もとの速度を取り戻した。靴をはいていない足が、カーペットの床をたたく。デイヴの呼吸は激しくなかった。心は落ち着きはらい、安らかだ。三十秒もたたないうちに、すべてが解決するはずだった。

西の階段室の非常ドア。

デイヴは足にブレーキをかけた。止まるのがひと苦労だった。まるで、止まりたくないようだった。このまま永遠に走り続けるのではないかと思った。

ドアに耳を当てる。何も聞こえなかった。敵は向こう側にいない。

ドアを押しあけ、拳銃二挺のうちの一挺をはさんで、ドアを半開きにしておく。

コンクリートの床は、靴下だけの足に冷たく感じられた。上のほうで、くぐもった靴音が聞こえる。まだ階段をのぼっていて、屋上に出ていない者が少しいるのだ。

お気の毒。

デイヴは急いで四歩前進し、下を見た。階段がらせんを描いて、四十九階ぶん下っている。一階ごとにひと続きの階段がふたつあり、全部で九十八ある。踊り場は、それぞれの階にひとつと、階と階のあいだにひとつ。顔を下へ向ければ、いちばん下までずっと見られる。顔を上へ向ければ、いちばん上までずっと見られる。

そして、もし顔を上げて、見るべき場所を知っていれば、階段が屋上につながる場所を見ることができる。屋上の階段小屋内にある踊り場の、裏側を見ることができる。三ヨウ化窒素の結晶が入った茶色のびんを、デイヴがテープで留めた場所を見ることができる。

〈ドカンと行くぞ!〉

デイヴはジャティマティックを構えた。むずかしい的だ。後ろのドアを振り返って、距離を目算する。二メートル。ぎりぎりだ。タイミングが合えば、うまくいく。タイミングが合わなかったら、どうなることか。

照準を合わせる。誰かひとり、まだ屋上へ向かって階段をのぼっている。デイヴは、男が危険な場所から出るのを待つことにした。

無線機がカチッと鳴った。ランサムが叫んでいる。「ムクドリ!　ムクドリ、出口を……」

〈時間切れだ!〉

引金を引いた。

肩に、ジャティマティックの反動がくる。デイヴはドアへ向かってダイブした。彼の指は、まだ引金を引いていた。弾丸が階段室に飛び散り、コンクリートに当たっては何度も跳ね返る。ドアは、廊下は、安全は、ほんの一メートル先だ。目はぎゅっと閉じていた。まぶしい白さが目に映る。あまりにも白く、あまりにもまぶしい。まぶたの血管が、まばゆい赤に輝いた。

そして、ネオンサインが放つような熱。神の心臓のように熱い。

そして、雷鳴。遠い畑の雷雲から聞こえるものではないし、少年の寝室の窓から聞こえるゴロゴロといううなりでもない。稲妻を見て、音が鳴るまで何秒かかるか数え、それに〇・三を掛けて、落雷場所から何キロ離れているか突き止めるそれともちがう。遠い雷ではない。近い雷でもない。内部の雷鳴、稲妻のなかで聞こえる雷鳴だ。

体の大部分がドアを抜けたとき、爆風がやってきた。その威力はデイヴを床へたたきつけるのではなく、宙へ持ち上げ、回転させ、さかさまにして壁へぶっつけた。爆風は一瞬デイヴをそのまま壁に貼り付かせ、強い圧力で肺の空気を押し出してから、床へ落とした。

まるで街のちんぴらにこん棒で殴られたように、デイヴは感じた。筋肉という筋肉が痛む。肌という肌が、あざになったように感じる。

大きく開いたドアから離れた。ドアといっても、今ではひん曲がった蝶番にくっつくねじれた金属にすぎない。コンクリートの大きな破片が上から雨のように降ってきて、はずみ、カーペットを転がる。もうもうとした埃が顔に降りかかる。デイヴは窒息しそうになりながら、這って逃げた。

水。

廊下を進んだところに、給水器があった。そこへたどり着き、体を持ち上げて、レバーを押す。ごくごくと飲んでから、噴き上がる水に顔を当てた。背後で金属の悲鳴が聞こえた。I字型の鋼材が天井を突き破って、デイヴが今しがた倒れていた床に刺さった。

〈ふう、相棒、ちょっとあの爆薬を使いすぎたんじゃないか?〉

そんなことはない。

もう一度、水を飲んだ。

無線機からノイズ――空電音? 声?――がした。デイヴの耳はがんがん鳴っていた。よく聞き取ることができない。顎を上下に動かし、唾を飲み込んで、耳をすっきりさせようとした。ポンという音とともに、聴力が戻った。

「……です? くり返す。今のは、なんです? 応答願います、コマドリ。応答願います、ウズラ。くり返す。上で、何が起こってるんです? 誰か応答願います」ロビーに配備されたムクドリだった。

デイヴは送信ボタンを押した。「ムクドリ、状況を説明しろ。下ではどんなふうに聞こえた？」

「列車が衝突したような音でした」

「通りで誰か聞きつけたか？　外に動きはあるか？」

「いいえ。聞いた者がいたとしても、また電力会社のマンホールの爆発だと思いますよ。ですが、ビルのなかにはほかの人間がいます。連中、みんな九一一番へ電話してますよ、きっと」

〈そのとおり。次に何が起こるにしても、すばやく起こるにちがいない〉

「そのまま待機しろ、ムクドリ。何もするな」

「了解。ところで、どなたです？」

「俺が教えてやろう」ランサムだ。昔の七十八回転のレコードみたいな、ひっかくような声。

デイヴは親指を押し下げた。「デイヴィッド・エリオットだよ、ムクドリ。今日じゅうにうちへ帰りたいなら、気を落ち着けて、軽率なまねをしないことだ」

ランサムが穏やかに言う。「あんたにはびっくりさせられるな、エリオットさん。われわれの誰ひとりとして、無事にうちへ帰れそうにない」

「わたしの言うことを聞けば、きみの部下たちは帰れるさ。ムクドリ、ウズラ、それにほかのみんな、わたしの話をよく聞け。まず最初に、現在のそちら状況についてわたしの考えを述べよう。ムクドリ、きみのところには、あと三人いる。四十五階には、六人が倒れてて……」

「死体でな」ランサムが言い放つ。

「六人全員じゃない。もっとよく観察すればよかったのにな。撃ったのは、ほかに選択の余地を与えてくれなかった者だけだ。考えてみてくれ、みんな。わたしはきみたちを殺さないよう、一日じゅう、できるかぎりの努力をしてきたんだぞ」

「残念ながら、失敗に終わったがね」

デイヴは歯ぎしりした。仮名ジョン・ランサムに一点。こんな男にふたたび点を取らせるわけにはいかない――思惑どおり、ランサムの部下たちをボスに離反させようというのなら。「じゃあ、今度は屋上だ。ランサム、そっちには、そうだな、十二人残っている」

「まさか、俺が教えるとは思ってないだろ？」

「もっと少ないな。階段にいた者、ドアの近くにいた者は、死傷者リストに載った。ムクドリ、参考までに言っておくと、きみが聞いたのは、わたしが階段を吹っ飛ばした音だ。屋上にいる者は全員、そのまま屋上に残ることになる」

「こちらコマドリ。ムクドリ、ただちに本部へ連絡しろ」

「よせ、ムクドリ」デイヴはぴしゃりと言った。「きみが本部へ連絡したら、ふたつのうちのひとつが起こる。ひとつ、もっと兵を送り込んでくる。ふたつ、もう知らんと言って、重量級を落とす。いずれにしても、きみは死ぬ」

「そいつの言うことを聞くな、ムクドリ」

「ムクドリ、もし本部がもっと兵を送り込んできても、わたしを捕まえることはできない。すぐにはね。たとえ、ありったけの兵を送り込んできて、オフィスをかたっぱしから調べていっても、何時間もかかる。そのころには、日の出を過ぎているだろう。人々が通りに姿を現わす。通勤者がやってくる。街が目を覚ます」

「ムクドリ、俺は直接命令を出したんだ。本部へ連絡しろ」

「で、わたしが何をすると思う？　わたしは、ラッシュアワーのピークまで待つ。それから、窓に椅子を投げて、飛び降りる。十階の窓からかもしれない。四十階の窓かもしれない。どっちだって関係ないさ。コンクリートにぶつかれば、わたしの血はそこいらじゅうに飛び散るんだから。かわいそうなバーニー・レヴィーがジャンプしたあとの通りを見たかい、ムクドリ？　わたしのときも、おんなじだろう」

「ムクドリ、直接命令を拒んだ場合の罰則を、おまえに思い出させる必要はないよな?」

「きみは先ほど、きみのボスがわたしの血液について言ったことを聞いたね? 細菌だかウイルスだか、なんだか恐ろしいものが血液じゅうにうじゃうじゃいるんだ。それを体に取り込んだ人間は、病気に感染する。考えてみるんだ、ムクドリ。バーニーの血液がどこまで飛び散ったかを考えてみろ。わたしがラッシュアワーに飛び降りたら、何人の人間がわたしの血液を口に入れ、鼻から吸い込むかを考えてみろ」

「任務を遂行しろ、ムクドリ。本部へ――」

ムクドリがランサムの言葉をさえぎる。「俺はかわりに何を得られる? あんたが飛び降りたら、おれは死ぬ。本部が爆弾を投下したら、俺は死ぬ。そして、あんたを逃がしても、俺は死ぬ。なぜなら、あんたの細菌は世界じゅうの人間を殺すからな」

「わたしは逃げない。それがこっちの提案だ」

ムクドリは答えなかった。一瞬の沈黙ののち、ランサムが静かに笑って、「聞きたいことがある。ああ、ぜひとも聞きたいね。教えてくれ、エリオットさん、あんたは何を考えてるんだ? こんな遅い時間になって、われわれのちょっとした苦境を解決する新しい方法を思いついたなんて言い出すんじゃないよな?」

「そのとおりだよ。聞きたいか？」

　ランサムがふんと鼻を鳴らす。「話せ」

「まず、ムクドリにあることを頼みたい。ムクドリ、あんたの友だちのコマドリが、わたしの友だちのランサムが、何をしたか知っているか？　バーニー・レヴィーのオフィスに、どんなもてなしを用意してくれていたと思う？」

「さあ……」

「あんたはどうだい、オウム？　あそこへ上がって、覗いてみたかね？」

「いや。俺は二階下で待機してた。なぜ聞くんだ？」

「教えてやれよ、ランサム。ご自慢のもてなしなんだから、部下たちに教えてやるといい」

　デイヴは、歯のあいだから吐かれる息の音とパチンという音を聞いた。ランサムの煙草とライターは、爆発にやられなかったのだ。「そうしなければならない理由がないな、エリオットさん。それに、俺のような人間は、あんたのような人間の指図を受けない」

「結構。わたしがかわりに教えてやるよ。オウム、ムクドリ、それにほかのみんな、きみたちのボスはな、人間の首を切り落として、串刺しにしたんだ」効果を狙って間をおいた。「女性たちの首をだ」

誰かが、デイヴには区別のつかない声が、驚きのあまり罰当たりな言葉をつぶやく。

ランサムの声が、はっきりとではないが知覚できる程度にこわばった。「あんたはまちがいを犯してるよ、エリオットさん。ひとつ以上のね。もっとよく観察すれば、気づいたはず――」

「そっちがマージ・コーエンを人質に取っていることをか？　そりゃ、ちがうね。わたしはマージを見つけて、逃がしてやった。彼女は、とうの昔にここを出た」

ランサムが低い声で言う。「覚えてろ」

「さて、核心に触れることにしよう」デイヴは歯嚙みしながらしゃべり、なんとか声を平静に保った。「きみたちに知ってもらいたいのは、きみたちのボスが女性の首を串刺しにするような男だということだ。わかったかね、みんな？　わたしの言葉をちゃんと読み取れたかな？　きみたちの、精神が病的にゆがんだ部隊長が、暇な時間に何をしていたのか、理解できたかい？　もう一度言おう――きみたちのボスは、女性の頭を切り取っていたんだ」

「心理戦争さ。認められた行為――」

「黙れ、ランサム。それは言い訳にすぎない。みんな、その男はきみたちに信じさせたがっているんだ。あんなことをした理由は、わたしを怒り狂わせるためだったと。わたしはベトナムにいた。それは知っているな。そして、そこにいたとき、ある男がベトナムの女性たちに同じことをした。彼女らの首を切ったんだ。それを見て、わたしは怒り狂った。だから、きみたちのボスは、今度もわたしが怒り狂うだろうと踏んだ。ランサムは、それが理由だときみたちに信じさせたがっている。だが、理由はそれだけじゃない。それはほんとうの理由じゃない。ほんとうの理由は、ランサムがあんなことをした理由は……」

「落ち着け、エリオット。あんたはいつから精神科医になった？」

「……そういうことが好きな男だから……」

「エリオット中尉は、自分の仲間と部隊長を裏切った」

「……」デイヴは、はっと息をのんだ。

「彼はベトナムでそういうことをしたんだ。自分の指揮官を売った。訴えた。高等軍法会議へ送り込んだ。自分の上官と五人の仲間を。そんな男を信用するな。そんな男の言葉をひと言たりとも信じるな。そいつは、ユダだ」

「そのとおり」デイヴは指の関節を白くさせ、無線機を思い切り握り締めていた。

「あんたの言ったとおりだよ、ランサム。そして、あんたの部下の少なくともひとりは、たぶんひとり以上は、きっと同じことをするだろう」声を低くし、熱を込めて続ける。「きみたちのうちのひとりは、ランサムのことを訴えるはずだ。理由は、それが正しいことだから、あるいは、そうしないと夜眠れなくなるから、あるいは、当局の誰かがここで起こったことに気づいたら、ボスが今いる肥溜《こえだ》めに自分も落っこちることになるから。しかも、そいつは深い深い肥溜めなんだ」

ランサムが鼻で笑う。「ばかばかしい。俺には権限が――」

「女の首を切り落とす権限、女を切り刻む権限か？　なあ、みんな、もしランサムがそんな許可を受けているのなら、文書で見せてもらいたいものだな。つまり、もし、わたしがきみたちだったら――」

「おまえらには知らされてない。ここでは俺が上官で、すべての責任は俺にあって――」

デイヴは言い返した。「執行猶予で実刑を免れるのは、上官だ。下っ端は、縛り首。昔からそうだったし、これからもそうだ。それを知らない戦闘員には、これまで一度も会ったことがないな、ランサム」

「エリオットさん、もうたくさんだよ。ムクドリ、俺は本部へ連絡するよう命令した。今すぐそうしろ」

「よせ、ムクドリ。わたしの申し出を受け入れろ。受け入れるか、死ぬかだぞ」

無線機が沈黙した。時が刻々と過ぎていく。デイヴの手は汗ばんでいた。無線機を下ろして手をふく気にはなれなかった。

ようやくムクドリが言った。「先を続けてくれ。その、俺たちはあんたの取引の内容を聞くべきだと思うんだ。その、みんなに文句がなければだが」

「おまえにはがっかりした、ムクドリ」ランサムが低い声で言う。「いいか、もしその男が取引をしたかったのなら、朝のうちにいくらでもできたんだぞ」

〈やつを追う側に回ったぞ、相棒〉

デイヴは鋭く言った。「ウズラ、きみはそれを信じるか？　きみはランサムにいちばん近かった。さあ、ウズラ、われわれに、きみの仲間に言ってくれ。もしわたしが取引を持ちかけたら、何が起こったかを」

ランサムの声が、わずかに高くなる。「落ち着け、ウズラ！　これは俺がかたづける。おまえたちの誰もが知ってるように、もしエリオットさんがほんの少しでも従順だったら、もし協力する意思をいくらかでも見せてくれたら、もし普通の人間のように大人らしい態度をとってくれたら――」

ウズラがあとを引き取る。「あんたは彼の心臓を撃ち抜いただろうな」

ランサムの声が大きくなった。「ウズラ、きさま、何様のつもりだ！　それに、ムクドリ、俺が命令を出したら、従ったほうが身のためだぞ！」

デイヴは声を同じ高さに保った。簡単ではなかった。「わたしの取引は単純だよ。わたしの望みはランサムだけだ。彼を渡してくれて、二、三分、密度の濃い時間を過ごさせてくれれば――」

「うそつき！　口から出まかせを言いやがって！」

「しなければならないこと――きみたちの誰もがするだろうことと同じこと――をすませたあかつきには、銃を捨てて、この身を引き渡そう」

「たわごとだ！　たわごと！　耳を貸すんじゃない！」

デイヴは、疲れとあきらめの混じった声を出そうと努めた。「エレベーターはおそらく爆発でこわれているだろう、ムクドリ。わたしは階段で、北の階段で下りていく。銃はなし。策略もなし。両手を上げていく。その後は、きみしだいだ。殺したければ、殺せばいい。どうせわたしは死ぬ身だからな。本部に連絡したければ、それもいい。きみがしたいことをすればいい。わたしは興味がない。興味があるのは、きみのボスとちょっとした親密な時間を分かち合うことだけだ」

「まぬけめ！　こいつらがそんなにばかだと思って――」

別の声がランサムをさえぎった。声の主はウズラで、冷静にしゃべっている。「どうやってこの男を渡せばいい？　こっちは上にいるし、あんたは下だ」

「わたしはバーニー・レヴィーのオフィスへ戻るところだ。一分でそこに着く。屋上にロープがある。実際にはケーブルだ。それが屋上の北側にある。ランサムを縛って、レヴィーの窓まで下ろしてくれ。割れて開いている窓だよ。だが、その前に、彼の服を脱がせるんだ。素っ裸のランサムを届けてもらいたい」

ランサムが怒鳴り声で揶揄《やゆ》する。「よお、エリオットさんよ、あんたがそんな気持ちを俺にいだいてたとは知らなかったぜ」

デイヴはそれを無視した。「ウズラ、ムクドリ？　取引は成立か？」

相手の無線機からは何も言ってこない。デイヴは息を凝らして待った。今、すべては忠誠心にかかっていた。ランサムの部下たちは、自分たちの指揮官にどれはどの忠誠を感じているだろう？　どれほど彼を愛しているだろう？　きずなはどれほど強いのか？　兵士の心には、単なる服従以上の確固とした気持ちが生まれることがある。もし上官がしかるべき男なら、何をもってしても、兵士と上官のきずなを断つことはできない。きずなを断たれるぐらいなら、兵士は、死んだほうがましだと思うのだ。

しかし、兵士たちが忠誠を誓う上官のほうは、その忠誠を獲得しなければならない。

デイヴは、ランサムがそれを得ていないと思った。

ウズラも同意見だった。

「成立だ」ウズラの声は、軍隊式のきびきびしたものだ。デイヴは、ウズラの言葉が真実だと知っていた。

ランサムがわめく。「そのきたならしい手をどけろおまえを銃殺隊の前に立たせてやるからな変態野郎俺にさわるなくそったれさもないとおまえのチンボコを……」

デイヴは、うめき声とくぐもったみだらな言葉を聞いた。ランサムの無線機が、セロハンをくしゃくしゃくしゃに丸めるような音を出した。

「ウズラ」デイヴは声をかけた。「ウズラ、そこにいるか？」

「ああ、エリオットさん。あんたはどこだ？」

「もうすぐレヴィーのオフィスだ。今、廊下にいる」

「コマドリを下ろす用意ができた」

「ちょっと待ってくれ、ウズラ。ランサムの靴のサイズはいくつだ？」

「十二だと思う。幅広だ。十二のBかC」

デイヴはバーニーのオフィスへ入った。殺戮と無意味な恐怖。歴史上のどの戦争にも存在する。無視するのがいちばんだ。無視することが、兵士が正気を保つための唯靴一の方法だ。

「すばらしいな。靴は、はかせておいてくれ。ほかは要らない。靴下も要らない。靴だけだ。わかったか、ウズラ?」

「わかった、エリオットさん」

「デイヴと呼んでくれ」

「下ろし始めたよ……エリオットさん」

デイヴは窓辺へ歩き、帆布を後ろへ引いた。上を見る。ランサムの体は、ちょうど手すりの外へ出されたところだった。裸で、生白い肌をしており、野獣を思わせる筋肉がそれなりに美しい。遠くからでも、その胴体がねじれたような傷で覆われているのが、デイヴの目に映った。

〈あいつ、名誉負傷章をもらってるな。一個じゃきかないかもしれない〉

ランサムは自制心を取り戻していた。もう叫んでいないし、罵声を浴びせてもいない。その声は穏やかかつ平板で、かすかなアパラチアなまりによってだけ調子が変化する。「おまえたちにはひどくがっかりさせられた。おまえたちは、腕のいいプロらしからぬ無責任さで、この状況に対処してる。だが、まだ……」

デイヴは無線機の送信ボタンを押した。「ウズラ、彼を完全に下ろしきらないでくれ。止めてもらうときは連絡する。それから、わたしの手が届くように、もう少し左へずらせないかやってみてくれ」

「了解、エリオットさん」

「……状況を変える時間はある。おまえたちは、俺という人間を知ってる。俺が公正な男だと知ってる。俺は、この不幸な任務逸脱について、忘れる用意がある。さもなければ、おまえたちの行為は反乱と呼ばれるだろう。俺はおまえたちに……」

下降中のランサムの体が、くるりと回った。でこぼこした花崗岩の外壁を、体がこする。外壁に、一筋の皮膚が取り残された。デイヴは身をすくませた。ランサムは動じない。

「……反乱について考えてもらいたい。それに、自分の任務についても考えてもらいたい。任務について考えれば、おまえたちが適切で知的なことをするはずだと、俺は強く確信してる」

デイヴは無線機のボタンを押した。「ウズラ、あと一メートル半ぐらいで止めてくれ」

「わかった」

ウズラと屋上の男たちは、ランサムに対して優しくなかった。彼の足首は、ケーブルできつく縛られていた。血液の循環を断たれて、脚が醜い紫色に変わりつつある。もっと上へいくと、腕が後ろ手にしっかりと縛られていた。ぐるぐる巻きにされた上腹部は、ひものあいだから肉が盛り上がっている。ランサムは痛みを感じているはずだが、言うまでもなく、顔にはそれを出していない。ランサムのような男は、そんなことはしないのだ。

デイヴは窓からあとずさった。ランサムの靴をはいた足が現われた。次に、むき出しのふくらはぎが。「止めてくれ」デイヴは言った。

「止めた」

ランサムが含み笑いをする。「目算がちがってるぞ、エリオットさん。もう四、五十センチ下げさせないと、俺の棹をしゃぶれないぜ」

デイヴは耳を貸さなかった。外へ手をのばし、ランサムの左足をつかんで、靴ひもをほどく。

「なんだ、エリオットさん？　俺が五〇口径のマシンガンをそこに隠してると思ってるのか？」

デイヴはランサムの右の靴を脱がせ、自分の足をすべり込ませた。左足同様、ぴったりだ。

内輪のジョークを楽しむかのように、ランサムが笑い声をあげた。「こりゃ傑作だ。まる一日かけて、シンデレラの靴を探してたってわけか。これで幸せになれると思ってるだろうが、とんでもない」

デイヴはしゃがんで、靴ひもを結んだ。

「あんたが束の間の勝利を味わってるあいだに、忠告してやろう。もし俺を面食らわせてると思ってるのなら、そいつはまちがいだ。それから、もし俺を降参させられると思ってるのなら、そいつもまちがいだ」

デイヴは立ち上がった。窓から体を乗り出し、ランサムの一方のふくらはぎを片手でつかむ。無線機に向かって言った。「ウズラ、きみは、わたしの状態についてのランサムの説明を聞いたか？」

ウズラが少しとまどったような声を出す。「ああ、聞いた。なぜ尋ねるんだ？」

「全部聞いたか？」

「ああ」

「病原菌の三段階について全部？　まず血液に、次に体液に、それから呼気に？」

「ああ。知っているよ」

「で、確かに全部理解しているかい？」

「ああ、理解している」

「で、わたしが第二段階にいることも知っているな？　病原菌が、わたしの血液、尿、唾液を通して移ることも？　それから、同じグラスで飲んだり、キスマークをつけたり、キスしたりすることについてなんかも、全部？」

「まちがいなく知っているよ。さあ、どうしてそんな質問をするのか教えてくれ」

「もちろん」デイヴは言った。「いや、それより、手すりから下を見ていてもらったほうがいい」

デイヴィッド・エリオットは、敵の顔を見上げた。この男にはもう、憎しみを感じていなかった。何か感じているとすれば、それは、多少の哀れみだった。

ランサムがにらみ返す。

デイヴは微笑んだ。妙なことに、その微笑みは、心からのもの、温かく親しみのこもったものだった。

ランサムの目が、あからさまな憎悪で燃え上がる。「その気になったか、エリオット。さあ、来い。さあ。あんたの頭にどんなゆがんだくそが詰まってるのか、見たくて待ちきれないぜ」

デイヴは笑みを広げた。屋上の男たちに聞こえるよう、声を張り上げる。「頭に何が詰まっているかって、相棒？　キスのことさ。それだけだよ。キスをして、かわいいキスマークをつけることだけ」

二階の割れた窓からマージ・コーエンを下ろしながら、デイヴィッド・エリオットは、頭上に、遠いけれどもきわめてはっきりと、恐怖のあまり正気を失ったランサムが夜空に泣きわめく声を聞いた。そして、その声を聞きながら、ふたりは夜明けへ向かって逃げ出した。

エピローグ

眠れ。そして、もし人生がきみにとってつらかったのなら、赦してやれ。もし甘美だったのなら、感謝を捧げよう。きみはもうこの世に生きられないのだから。それに、感謝を捧げるのはよいことだし、赦すことだから。

——アルジャーノン・チャールズ・スウィンバーン『永別の辞』

馬に乗った男がひとり。

男の名は、デイヴィッド・エリオット。痩せていて、肌が浅黒く、顔色は、まだ病原菌の最終攻撃で白くなってはいない。

この遠乗りは、彼の最後の旅だ。旅の終わりに死が待ち受けているのを、デイヴは知っている。

デイヴの目は茶色で、目尻にしわを作っている笑みがなければ、真摯《しんし》に見えることだろう。

デイヴは独りきりで死ぬのを承知しており、それが避けられないことに対して気持ちの整理をつけている。秋は間近だし、冬は遠くない。彼の体は、夏がふたたび来るまで発見されないだろう。

この思いが、彼の笑みをある程度説明している。第三の、人殺し段階にまもなく入る病原菌には、生きている宿主が必要だ。それゆえ、ほかの人間から遠く離れた場所で死ぬことによって、デイヴは、自分を死に至らしめた病原菌を死に至らしめることができる。

デイヴの笑みの理由はほかにもいくつかあるが、それらはプライベートな理由だ。きょう、彼は、サンフランシスコから三百キロ以上東にあるシエラネヴァダ山脈にいる。きのう、分水嶺《ぶんすいれい》を越し、前回会ったときからひとつも歳をとっていないように見えるなめし革のような肌の男から馬を受け取った。

デイヴは男に金と何通かの手紙を渡した。手紙の宛先は、サットン・プレイスの別邸と、バーゼルのオフィスと、コロンビア大学の寮と、コロラドの農場。男は金を勘定すると、なめし革のような面の皮にしわを寄せて微笑み、手紙を折り畳んでシャツのポケットに突っ込みながら、初雪が降るまで投函しないことを請け合った。

今、デイヴィッド・エリオットは、高山の秘境めざして馬首を西へ向けている。岩だらけの斜面をのぼり、かつて訪れて以来忘れたことのない小さな谷へ向かう。あたりに人の通った跡はないが、進むべき方向はわかっている。黒い縞《しま》が入った灰色の花崗岩の地面は、まるでほんの昨日彼がここへ来たかのように、記憶に新しい。

ひげは剃っていなかった。三日ぶんの無精ひげが、頬と顎と鼻の下に見える。デイヴは、もっと速く伸びてくれることを願っている。最期に口ひげがあれば、申し分ないだろう。

ハンカチを取り出す。へなへなになった麦藁《むぎわら》帽子のつばを上げ、ひと筋の汗を拭う。目的地まであとどのぐらいなのか、デイヴは知っている。あと、ほんの一時間。

到着したのは、日没近くだった。空は、黄金色の光に満たされている。小さな丘に登り、下を見て、息をのんだ。谷の美しさに、心臓が止まりそうになる。谷のまんなかに、緑色のガラスびんよりも濃い緑色、エメラルド・グリーンの湖が、デイヴがいつも思い出すとおりの姿で存在していた。夕方の穏やかな影ももちろん、そこに落ちている。動くものは何もない。そして、そう、空気はワインのようだ。

この瞬間は彼の人生で最良の時であり、これほどすばらしい時を経験できることはもうない。デイヴは、こともあろうに、それを二度も経験する特権を与えられた。そして、そう思うと、心が喜びで満たされた。

特殊コンサルティング事業団
返信時は次のファイル名を明記すること：04-95-27OCT

プロジェクト管理室
私書箱番号172　LFMDUSA　20817

TO：　配布リスト（ファックス）
FROM：　プロジェクト管理室　プロジェクト79-1-18
SUBJECT：現況

管理室は以下のとおり通知する。

1　新しい試験結果によると、細菌138・12・bが死滅するかどうかは、宿主の酸素透過性によって決まる。細菌の有効性は、〝x〟をミリバール単位の気圧とした公式［f(x)=-2.17E+5×ln(x)+4.71E+5］の関数にしたがって対数的に減少する。標高一二八〇メートル±五％で、細菌138・12・bは活動を休止する。標高二〇七二メートル±五％で、細菌は百％死滅する。研究開発部《R&D》スタッフは、これらの結果が想定外であると断ったうえで、見落としによって不都合が生じたことに対して陳謝している。なお、標高六一〇メートル±五％以下の設定パラメータでは、細菌の有効性は持続する。

2　フィールド調査の結果、対象者〝エリオット〟（デイヴィッド・ペリー）は、今年九月二十九日、カリフォルニア州エクセルシオール山麓のキャンプ場（北緯38度07分、西経118度53分）に到着した。米国地質調査所《USGS》発行の地図によれば、このキャンプ場の標高は二八七五メートルである。したがって、対象者〝エリオット〟は、現時点でも非死亡モードで活動している可能性が非常に高い。それ以降の対象者〝エリオット〟の動向と現在の居所に関するこれ以上のデータは、現時点では入っていない。

3　対象者〝クロイター〟（ジョン・ジェイムズ、大佐、米陸軍退役）は、今年十月十四日にスイス、バーゼルのオフィスを出た。対象者〝クロイター〟の動向と現在の居所に関するそれ以上のデータは、現時点では入っていない。

4　出入国記録では、対象者〝コーエン〟(マリゴールド・フィールド)は、今年九月二十八日にスイス出国を許可されている。対象者〝コーエン〟は今年十月十四日まで、スイス、ルツェルンのホテル・メルキュールに滞在していた。対象者〝コーエン〟の動向と現在の居所に関するそれ以上のデータは、現時点では入っていない。

5　当室は、対象者〝エリオット〟が報復に出るかもしれないと考えている。対象者〝クロイター〟と手を組むようなことになれば、リスク・レベルの許容範囲を超えると思われる。よって、関係各位は防衛手順にしたがい、警戒レベル三を取ること。

6　各位、くれぐれも目立たぬように。我々はすでに危険な状況にあると思われる。

/ L
m T
j F

訳者あとがき

いやあ、どうです、おもしろかったでしょ？　『垂直の戦場』って、まさにそのとおりですよね。原題は〝Vertical Run〟、つまり「垂直走り」で、これもまあ、とてもインパクトの強い、そそるタイトルだ。読者はついつい、きりりと締まった、アイディア満載の、スピード感あふれるハラハラドキドキ・サスペンスを期待してしまう。そして、その期待は（たぶん）裏切られない（よね？）。

平凡すぎるほど平凡なビジネスマン、いや、平凡であること、ビジネスマンであることをみずからに課してきた男、デイヴィッド・エリオット。といっても、四十七歳にして、マンハッタンの高層ビルの一画を占める優良企業の副社長なのだから、才覚がないわけではない。それどころか、じつは、たいへんなポテンシャルを秘めた凡人、と言っていいだろう。なにせ、米軍特殊部隊、またの名をグリーン・ベレーの一員として、ベトナムで苛烈な戦いを経験した過去を持っている。ふふふ、あとがきから先に読んでいる読者のみなさん、そろそろ本文に移ったほうがいいですよ。まあ、とにかく、この主人公の設定及び造形は卓抜だ。ここですでに、一級の娯楽作品であることが、約束されてしまっている。

　そのデイヴィッドが、ある日、いつものようにジョギングで出社すると、会社は危険な戦場と化している。それがどうやら、自分VS世界の残り全部、というとんでもない図式の戦いで、しかも、なぜ戦わなくてはならないのかが、デイヴィッドにはさっぱりわからない。機知と反射神経とで難を切り抜けていくうちに、長く眠っていた兵士としての本能が――。

　とまあ、たたみかけるようなスピーディーな場面展開で、ワンマンアーミーによる〝垂直の〟ゲリラ戦の模様が活写される。意表をつき、唸らせ、うなずかせるという点で、これは読者に対するゲリラ戦でもある。そのみごとな戦略、機転、豪胆さには、わたし、喜んで白旗を上げちゃいますね。まさしく痛欣快速《ノンストップ》の垂直活劇《ヴァーティカル・アクション》。

　そして、デイヴィッドの心のなかでは、もうひとつの戦いがくり広げられる。内なる闇、つまり、みずからの獣性、人間の持つ嗜虐《しぎゃく》性に対する戦いだ。これが、戦略面での〝しばり〟となって、デイヴィッドの苦悩をより深くし、ゲリラ戦の意義をより鮮明にする。主人公をこのきびしい戦いに追い込む作者の心意気が、読後感の爽快さを底から支えているのだろう。伸びやかに育った蕗《ふき》のような〝筋の通った〟作品である。

作者のジョゼフ・R・ガーバーは、《フォーブス》誌のコラムニストであり、文芸評論も手がけているが、じつは著名なビジネス・アナリスト（って、そのままカタカナ表記してしまったけど、どんな職種だろう？　コンサルタントみたいなもの？）で、いくつもの会社の重役を務めているという。一九八九年に、〝Rascal Money〟という小説を書いて、文壇にデビューし、一九九五年、二作目の本書で、一躍売れっ子作家の仲間入りを果たした。

版元のバンタム社も、この作品にはたいへんな力を入れていて、発売前から「今シーズン最速のスリラー！」と謳《うた》った広告を全米主要紙誌に載せ、テレビに十五秒スポットを流し、〝Vertical Run〟の〝Run〟に引っ掛けて、「本書がベストセラー・リストを駆けのぼるのを見よ」と書店や読者をあおった。そして、その前宣伝通り、発売後まもなく、ベストセラー・リストを駆けのぼっちゃったんである。最大手の出版情報誌《パブリッシャーズ・ウィークリー》も、〝ベストセラー裏話〟という欄で、「あれ、あれ、ほんとに垂直に走ってらあ」と驚嘆ぎみの拍手を送っている。おっこちるときも、猛スピードで駆け下りてしまったけど、それはまあご愛敬。

《ピープル》の書評子が「『ダイ・ハード2』と『ホット・ゾーン』をかけ合わせたような」と評し、《パブリッシャーズ・ウィークリー》が「『D・O・A・――死へのカウントダウン』と『ダイ・ハード』のコンセプトと満足度をさらに高めた」と持ち上げ、《エンタテインメント・ウィークリー》が「ランボーがバリーのローファーを履き、ロレックスの腕時計をはめたような、あるいは、『ダイ・ハード』のマクレーン刑事がMBA（経営学修士号）を取得したようなヒーロー像」と形容したことでもわかるように、本書は、映像的な喚起力にも富んでいる。映画化の話が出てくるのはむしろ当然で、ワーナー・ブラザーズのジョン・ピーターズが権利を獲得した。どんな痛快な映画ができあがるのか、今から楽しみだ。

ところで、好評に気をよくしたバンタム社が、本書の続編を企画しているという情報がある。万感胸に迫るラストシーンを読んだ読者のみなさんは、これでどうして続編が可能なのかと、首をかしげられることだろう。

じつを言うと、訳者が最初に読んだバウンド・プルーフ（見本用の仮綴じ本）では、このラストシーンのあとに、事後報告の形で〝特殊コンサルティング事業団〟の内部回覧ファックスが一枚添えられていた。その内容は、なんと、「××××××××××××××××（伏せ字・訳者自主規制）」とかいうもので、わたし、この作者のアイディアの泉は涸《か》れることがないのかと、思わずのけぞってしまいました。なのに、あとで送られてきた刊本からは、この最後の書類が削られていた。

うーん、どういうことでしょう。いろいろ考えられる。

その一。最後の〝驚愕の報告書〟がなくてもじゅうぶんにおもしろいので、経費節減、パルプ資源保護のため、割愛した。

その二。プルーフで読んだ某書評誌の書評子が、「結末はやや荒唐無稽だが、近年の大収穫」と書いたので、結末を削ればもっと褒められるんじゃないかと思った。

その三。編集者かエージェントが、「おい、これだったら、話が続いちまうじゃないの」と思いつきで口走り、エージェントか編集者が、「そうか、一冊でこんなにサービスするのはもったいないな」と急にコスト感覚を働かせ、編集者かエージェントか作者が「よし、この報告書を、続編の冒頭に持ってこよう」と企画書をさっそく書き始めた。

その四――もういいか。

実情は、ようわからんのです。続編というやつがほんとうに書かれるのかどうかも、今のところはっきりしない。両方の結末を知っている訳者としては、なんだか得したような、こっそりみなさんに教えてさしあげたいような……。

一九九六年八月
東江一紀

※編集部注　訳者あとがきの最後で触れられている、刊本で削除された部分は、のちの原書に収録されたため、本書で訳出しました。翻訳は、熊谷千寿氏にお願いいたしました。

〈解説〉名作ふたたび

寶村信二（書評家）

本書はジョゼフ・ガーバーが一九九五年に発表した作品（邦訳は九六年）で、日本では初翻訳となったものの、著作としては二作目にあたる。

発表当時に夢中で読んだ者としてはこの度の復刊は実に喜ばしい。

手に入りにくい状況が続いていたため、この作品を初めて知る方も多いかと思うが、映画『ダイ・ハード』（一九八八年、ジョン・マクティアナン監督）のファンならきっと気に入ってもらえると思うので、解説など放り出してすぐに購入することをお勧めする。

また翻訳者の東江一紀氏は初版のあとがきで、バウンド・プルーフ（見本用の仮綴じ本）に書かれていた結末の一部が刊本では変更になっていた旨、記しておられたが、今回は変更前の結末となっており、初刊行当時に読まれた方も是非再読していただきたい。

物語はセンテレックス社副社長、デイヴィッド・エリオットが自宅で目覚める場面から幕を開ける。会社までジョギングで通勤し、いつもと変わらない一日が始まると思いきや、突然会長のバーナード・レヴィーが現われる。

その瞬間から超高層ビルを舞台とした逃走と反撃が始まるのだが、巧みに緩急をつけながら読者を結末まで引っ張っていく著者の力量は見事としか言いようがなく、とても二作目とは思えない出来栄えとなっている。

息つく暇もないような緊迫感に満ちた内容とは裏腹に、各章のタイトルは人を食ったものばかり（「会社での不運な一日」、「デイヴはこうして失業した」等々）で、主人公が「皮肉屋の守護天使」との対話を重ねながら危機をくぐり抜ける描写も秀逸である。

戦いに身を投じたデイヴィッドは、決別したはずの過去と向き合うことを余儀なくされる。更には自分が孤立無援となっていることも明らかになり、過去とどう折り合いをつければ良いのか葛藤を繰り返しながら「論理と理性」を最大限に活用して策を巡らせ、追手をかわしていく。

詩的なプロローグとエピローグを配置した構成も全体の魅力を高めており、飄々《ひょうひょう》とした雰囲気もあるものの、しっかりとした読み応えのある作品に仕上がっている。

サンフランシスコ・クロニクル紙の記事（二〇〇五年【＊1】）によれば、著者のジョゼフ・Ｒ（レネ）・ガーバーは一九四三年フィラデルフィア生まれ。かつてコンサルティング会社のブーズ・アレン・ハミルトンに勤務しており、そのニューヨーク本社のビルが「五〇丁目とパーク街の角」にあるセンテレックス社屋のモデルとなっている。

また第二章でビルに入居している会社の社員が階段で避難する場面が描かれるが、一九七〇年代後半、ブーズ・アレン・ハミルトンのビルに対してＩＲＡ（アイルランド共和軍）が爆弾を仕掛けたという予告が何度もあり、著者もその度に三十五階から一階まで下ったと〝Screenwriter's Utopia〟というウェブサイトに掲載されたインタビュー記事（【＊2】二〇〇四年）で語っている。

ひたすら階段を降りるうちに「まるでヒッチコック映画のようだ」という気分にな

＊1　https://www.sfgate.com/bayarea/article/Joseph-Garber-author-of-thrillers-2665581.php
＊2　http://www.screenwritersutopia.com/modules.php?name=Content&pa=showpage&pid=7

り、「一階で敵が待ち構えていたら……」などと想像を巡らせる中でこの作品が生まれた、と明かしている。

そのインタビュー記事では〝The Object of Her Wrath〟と題された「異性愛者の男性が悪夢にうなされる」作品や、一九二〇年のモンゴルを舞台にした秘境探検小説の構想を語っていたガーバーだが、残念なことに二〇〇五年五月二十七日に心筋梗塞で亡くなった。

今回の復刊が彼の再評価につながることを切に願っている。

著作リスト

1 *Rascal Money*（一九八九年）
コンサルタント業の傍ら書き上げたデビュー作。

前述のサンフランシスコ・クロニクル紙の記事では、当初はビジネス書の〝In Search of Excellence〟（邦題『エクセレント・カンパニー』）をもじって〝In Search of Shabbiness〟と題されたノンフィクションだったが、エージェントや弁護士と相談してフィクションに書き直した、と語っている。

2　*Vertical Run*（本書、一九九五年）
『垂直の戦場』（一九九六年、東江一紀訳・徳間書店→二〇二二年、同訳・扶桑社海外文庫）
初版の訳者あとがきにはワーナーブラザーズのジョン・ピーターズがこの作品の映画化の権利を獲得したと書かれていたが、ウィキペディア【＊3】によると、残念ながら一九九〇年代に制作準備段階でお蔵入りとなった、とのこと。

3　*In a Perfect State*（一九九九年）
こちらはマンハッタンからシンガポールに向かったビジネスマンが現地で命を狙われる、という内容らしい。現在品切れ。

4　*Whirlwind*（二〇〇四年）
『奪回指令』（二〇〇六年、熊谷千寿訳・二見書房）

＊3　https://en.wikipedia.org/wiki/Joseph_R._Garber

元ＣＩＡ（合衆国中央情報局）工作員が国家機密を盗み出したＦＳＢ（ロシア連邦保安局）諜報員を追う冒険アクション小説。この作品も品切れとなっている。

（二〇二二年七月）

○訳者紹介　東江一紀（あがりえ　かずき）
1951 － 2014。英米文学翻訳家。主訳書：ウィリアムズ『ストーナー』（作品社）、ウィンズロウ『キング・オブ・クール』（角川書店）、ルイス『ライアーズ・ポーカー』（早川書房）、サファイア『プレシャス』（河出書房新社）、オズボーン『氷の微笑』（扶桑社）他、多数。楡井浩一名義でノンフィクションの翻訳も多数。著書：『ねみみにみみず』（越前敏弥編、作品社）。

垂直の戦場【完全版】（下）

発行日　2022 年 8 月 10 日　初版第 1 刷発行

著　者　ジョゼフ・ガーバー
訳　者　東江一紀

発行者　小池英彦
発行所　株式会社 扶桑社
〒 105-8070
東京都港区芝浦 1-1-1　浜松町ビルディング
電話　03 - 6368 - 8870（編集）
03 - 6368 - 8891（郵便室）
www.fusosha.co.jp

印刷・製本　図書印刷株式会社

Printed in Japan
ISBN 978-4-594-09124-8　C0197